Das geheime Baby des Drachen

Ein paranormaler Liebesroman

Wasserdrachen der Westküste Buch 3

Kayla Wolf

The Wolf Sisters Books

Inhalt

Kapitel 1 - James

Es war Hochsommer in Nordkalifornien. Das Wetter war eine Woche lang heiß und trocken gewesen und obwohl es dadurch eine erhöhte Brandgefahr gab, war die Halbinsel, auf der James und die Gemeinschaft lebten, vorerst sicher. Außerdem war das Wetter ideal, um lange, faule Tage am Strand zu verbringen.

Es war ein perfekter Tag. Keine einzige Wolke trübte den Himmel, als James aus dem Bett stieg. Da er keine Arbeit hatte, zumindest nichts, was nicht auf morgen verschoben werden konnte, hatte er nicht lange überlegt und seine Freunde angerufen, um einen Tag am Strand vorzuschlagen. Jetzt, als die Sonne über dem Ozean unterging und sie in ein orangefarbenes Licht tauchte, war ein guter Zeitpunkt, ein kleines Feuer zu machen. Obwohl es nicht sicher war, hatten sie ein paar Steine in die Nähe des Wassers gezogen und ein wohliges kleines Feuer entfacht. Lachlan, ihr Anführer, hätte vielleicht nicht zugestimmt, aber er war nicht hier, oder?

Eigentlich waren die meisten Jungs nicht hier. Nur James und Daniel saßen am Feuer. Daniel, ein Feinschmecker, hatte eine Sammlung von Leckereien mitgebracht, um sie über dem Feuer zu rösten. James, der eine Naschkatzen war, griff direkt nach den Marshmallows und ignorierte die gesünderen Alternativen, die angeboten wurden. James streckte sich im Sand aus und fühlte sich nach dem langen Tag, den er mit Schwimmen und Surfen verbracht hatte, angenehm erschöpft. Es war ein warmes, zufriedenes Glühen in seinen Muskeln, und er genoss das Gefühl von Salz auf seiner gut gebräunten Haut, auch wenn er wusste, dass sein Haar, ein wenig Pflege brauchen würde, wenn er nach Hause kommt. Seine Mähne hatte ihm schon immer Schwierigkeiten bereitet. Sie war dicht, dunkel und wild gelockt, aber James wollte sie nicht kürzer zu tragen. Er hatte zu viele Komplimente von den Frauen bekommen, mit denen er zusammen war, und seine Eitelkeit wollte einfach keinen praktischeren Haarschnitt zulassen.

„Ich weiß, dass wir nicht gerade menschlichen Ernährungsbedürfnissen unterliegen“, sagte Daniel und brach mit einem ironischen Lächeln das angenehme Schweigen. „Aber Kumpel, du kannst nicht nur von Marshmallows leben.“

„Ich habe auch etwas anderes gegessen“, sagte James zu seiner Verteidigung. „Wir hatten dieses Barbecue zum Mittag, um die neuen Grills auszuprobieren.“

„Gegrilltes Fleisch und Marshmallows ergeben keine vollwertige Ernährungspyramide, James.“

„Sicher tun sie das. Es ist nur eine einfache Pyramide, das ist alles. Außerdem hast du so viele Öle und Kräuter auf das Fleisch gegeben, dass es auch ein Drei-Gänge-Menü hätte sein können. Nicht, dass ich mich beschwere, und es sind auch ziemlich gute Grills, oder?“

„Definitiv“, sagte Daniel. „Beste Qualität. Unsere Gäste können somit nach Herzenslust grillen.“

Das war eine neue Entwicklung in diesem Sommer. Ihre kleine Gruppe lebte schon seit Jahrzehnten auf der Halbinsel auf einem kleinen Landstreifen, der sich vom nördlichen Teil Kaliforniens aus erstreckt, aber vor Kurzem hatten sie die Idee, ihr wunderschönes Zuhause für Touristen zugänglich zu machen. Es war ein unberührtes Stück Natur und angesichts des zunehmenden Interesses an ökologischer Nachhaltigkeit und natürlicher Schönheit war es Lachlans Idee gewesen, aus ihrem schönen Zuhause ein Geschäft zu machen, indem sie es mit menschlichen Gästen teilte. Die Herausforderung daran war natürlich, ihre Privatsphäre zu wahren.

Denn die kleine Gemeinschaft früherer Nomaden, die sich auf dieser Halbinsel niedergelassen hatten, waren keine gewöhnlichen Menschen. Sie waren eine Gemeinschaft von Drachen. Und das brachte einige einzigartige Schwierigkeiten und Herausforderungen mit sich, wenn es um das Zusammenleben mit Menschen ging, die sich der Existenz der Gestaltwandler, die in ihrer Mitte lebten, größtenteils noch gar nicht bewusst waren. Immerhin waren Drachen, zumindest in ihrem menschlichen Gestalten, nicht von normalen Menschen zu unterscheiden. Zumindest anfangs, denn sie alterten nicht wie die Menschen, was langfristige Freundschaften mit ihnen schwierig machte. Abgesehen davon war das Einzige, was ihre Gruppe ungewöhnlich erscheinen ließ, ihre überdurchschnittliche körperliche Größe und Leistungsfähigkeit. Sie alle waren große, breite und kräftige Männer. James wurde sogar oft gefragt, ob er ein Profisportler sei. James hatte die Theorie, dass Drachen etwas Anziehendes für menschliche Frauen haben mussten, vielleicht eine Art angeborenes Charisma oder sogar ein Pheromon, das eine chemische Reaktion hervorrief. Die anderen machten sich immer über diese Vorstellung lustig, aber er war sich ziemlich sicher, dass er auf der richtigen Spur war.

Er hatte bereits eine Menge Nachforschungen angestellt, die seine Theorie bestätigten, zumindest den Berichten nach. Wo viele seiner Freunde dazu neigten, sich eher bedeckt zu halten, besonders wenn es um Liebesgeschichten ging, war James das absolute Gegenteil. Sein ganzes Leben lang hatte er den Nervenkitzel der Jagd geliebt. Früher war es viel einfacher gewesen, als sie noch umhergezogen sind. Sie waren mit ihren Motorrädern von Stadt zu Stadt gefahren, hatten an jedem Ort eine neue hinreißende Frau getroffen und ein oder zwei heiße Nächte mit ihr verbracht, bevor sie zu ihrem nächsten Ziel aufbrachen. Gott, das war ein perfektes Leben gewesen. Heutzutage musste er in die Stadt fahren, wann immer er Lust auf eine heiße Nacht hatte. Zumindest war dieser Teil der Welt bei Touristen beliebt. Besonders im Sommer kamen ständig Frauen hierher, die auf Geschäfts- oder Urlaubsreise waren und schnell von einem großen, gut aussehenden, dunkelhaarigen Mann mit einem sündigen Glanz in seinen tiefblauen Augen hingerissen waren.

„Ich kann nicht glauben, dass wir heute Nacht alleine sind“, murmelte James. Der Gedanke an die alten Tage schlug ihm immer ein wenig auf die Laune. Damals hatten sich die fünf, James, Daniel und ihre Freunde Bryce, Emerson und Harvey, so nahegestanden wie Brüder. Es hatte sich angefühlt, als gäbe es nur sie gegen den Rest der Welt. Nachdem sie sich hier niedergelassen hatten, bildeten sie mit einer Handvoll anderer Drachen, die sie getroffen hatten, diese kleine Gemeinschaft. Nun, sie waren immer noch James' engste Freunde, aber es fühlte sich an, als hätte sich etwas geändert, so, als würden sie in eine neue Phase ihres Lebens eintreten. Eine ruhige Phase. Die Phase, in der man sich ein Nest baut, doch James war sich nicht sicher, ob er dazu bereit war.

„Alle sind müde von der Arbeit", zuckte Daniel mit den Schultern. „Und Lachlan möchte jetzt so viel Zeit wie möglich mit Serena verbringen, das verstehst du doch."

„Ja, ja", grummelte James. Lachlans Gefährtin Serena war ein weiterer Neuzugang auf der Halbinsel und sie erwarteten in wenigen Wochen oder sogar Tagen ein Baby. Er hatte Lachlan noch nie so aufgeregt gesehen. „Und Bryce scheint zu denken, wenn er Jasmine für eine Sekunde alleine lässt, verschwindet sie oder so."

Daniel grinste ihn an. „Ernsthaft? Ausgerechnet du ärgerst dich darüber, dass deine Freunde mit Frauen beschäftigt sind?"

„Das ist nicht dasselbe", widersprach James. „Frauen zu jagen ist etwas anderes als mit deinem Partner zu Hause zu sitzen wie ein altes Ehepaar. Schau, was ihnen dadurch entgeht!" Er deutete auf den sich verdunkelnden Himmel und die Sternendecke, die sichtbar wurde, als die Sonne unterging. „Vermisst du sie nicht?"

„Sie sind nicht tot, James."

„Ich weiß, dass sie nicht tot sind. Aber sie könnten es genauso gut sein, so wenig, wie ich sie sehe."

„Wir haben sie alle letzte Woche gesehen. Abendessen bei Bryce und Jasmine, erinnerst du dich?"

„Ja, aber trotzdem."

Daniel lachte. „Weißt du was? Jemand, der dich nicht kennt, würde denken, dass du eifersüchtig bist", neckte er ihn und seine dunkelblauen Augen funkelten humorvoll.

„Ich bin eifersüchtig", sagte James gereizt. „Eifersüchtig auf diese Frauen, die meine besten Freunde mehr sehen als ich."

„Und eifersüchtig auf deine Freunde, weil sie ihre Seelengefährten gefunden haben."

„Oh, fang nicht mit dem Mist an, Daniel, bitte", sagte James seufzend und warf seinem Freund einen finsteren Blick über das knisternde Feuer zu. Er setzte sich auf, zog aggressiv die halb leere Tüte Marshmallows zu sich und spießte einen auf den Stock, um ihn zu rösten. Sie in Brand setzen und schnell wieder auszublasen, war das Geheimnis an der Sache – dafür konnte Daniel ihn noch so sehr schelten, dass er Holzkohle aß.

„Du wirst dir noch die Zunge verbrennen“, sagte Daniel gelassen. „Und was ist falsch an der Theorie von Seelengefährten?“

„So etwas gibt es nicht“, sagte James schroff. „Komm schon, Alter, wir haben dieses Gespräch nicht ernsthaft schon wieder, oder?“

„Du glaubst wirklich nicht an Seelengefährten? Auch nicht, nachdem Lachlan und Bryce …“

„Ich glaube an die *Liebe*“, sagte James, obwohl er seine Nase rümpfte, als er das Wort aussprach. „Aber ich glaube nicht, dass es da draußen eine bestimmte Person gibt, die das Schicksal für uns bestimmt hat. Es ist mir egal, was die alten Leute sagen. Es ist ein dummer alter Aberglaube. Was ist mit dem freien Willen?“

„Wie genau würde ein Seelengefährte deinen freien Willen beeinträchtigen?“

„Jede Vorstellung von Fügung oder Schicksal beeinträchtigt den freien Willen“, argumentierte James und beugte sich vor. Er konnte an Daniels Grinsen erkennen, dass er in diese Diskussion getrickst wurde, aber was konnte er sagen? Der Trick hatte funktioniert. Harvey war vielleicht derjenige unter ihnen, der schnell die Fassung verlor, aber James war derjenige, der sich immer in eine Diskussion verstrickte, wenn sie ihm angeboten wurde. „Wenn etwas vom Universum bestimmt wird, zum Beispiel, dass du dich in die Frau oder den Mann verliebst, mit denen du zusammen sein sollst, dann bedeutet das, dass du bestimmte Schritte dafür unternehmen musst.“

„Was genau meinst du damit?“

„Ich meine, Serena und Lachlan, richtig? Sie lebte auf der anderen Seite des Landes und sie haben sich nur getroffen, weil er sie als Kindermädchen für seine Tochter angestellt hat. Wenn es das Schicksal war, das sie zusammengebracht hat, dann war es nicht ihr freier Wille, nach Jobs im ganzen Land zu suchen. Es musste geschehen, wegen des Schicksals oder der Fügung oder was auch immer. Warum hat sie das getan? Was hat Lachlan überhaupt dazu gebracht, nach einem Kindermädchen zu suchen?“

„Soweit ich mich erinnere, deine Schwester“, sagte Daniel und hob amüsiert die Augenbrauen. James nickte. Seine kleine Schwester hatte viel auf Lachlans Tochter aufgepasst, bevor er schließlich nachgegeben und ein Kindermädchen engagiert hatte, das sich um sein wildes, kleines Mädchen kümmerte.

„Ja, offensichtlich, aber verstehst du, was ich damit sagen will? Sobald du an Seelengefährten glaubst, musst du auch an eine Kraft glauben, die unsere Entscheidungen für uns trifft. Und darauf stehe ich nicht. Ich treffe meine eigenen Entscheidungen." Er lehnte sich zurück und war mit seiner Schlussfolgerung zufrieden. Aber Daniel grinste ihn immer noch mit dem selbstgefälligen Ausdruck an, der andeutete, dass er aus dieser Diskussion als eine Art Sieger herausging.

„Das ist alles sehr philosophisch", nickte Daniel. „Freier Wille und die Macht, sein eigenes Schicksal zu bestimmen, alles sehr interessante Konzepte. Wenn Emerson hier wäre, wärt ihr beide sicher schon in eine abstrakte philosophische Diskussion verstrickt." James musste grinsen. Ihr Freund Emerson war definitiv ein Dichter und Philosoph. „Aber ich bin nicht Emerson und durchschaue dich, Kumpel."

„Was meinst du damit?"

„Du hast nur Angst vor dem Gedanken, mehr als ein kurzfristiges Interesse für eine Frau zu empfinden." Daniels Augen blickten ihn aufmerksam an. „Oder ist es sogar mehr als das und du hast schon etwas gefühlt? War eine deiner unzähligen Eroberungen etwas Besonderes und du musst diese Erinnerung mit all dem Gerede über Freiheit und persönliche Macht und freien Willen übertönen?"

„Du denkst viel zu viel darüber nach, Alter", sagte James gereizt und winkte mit der Hand, als ob Daniels Argument eine Fliege wäre, die er verscheuchen könnte. „Ich bin mit meinem Leben glücklich, so wie es ist. Ein schöner Strand, gute Freunde und viele schöne Touristinnen, mit denen ich schlafen kann. Apropos", sagte er schnell, denn er merkte, dass Daniel wieder kurz davor stand, mit ihm eine Diskussion anzuzetteln. „An diesem Wochenende wird ein neuer Klub eröffnet. Was sagst du?"

„Wo eröffnet ein Klub?"

„Ungefähr zwei Stunden Fahrt die Küste hinunter. Bist du dabei?" Daniel wirkte zögernd. James warf ihm seinen besten einschmeichelnden Blick zu. „Komm schon, Kumpel. Was ist, wenn deine Seelengefährtin in dieser Bar auf dich wartet?" Er wackelte mit den Fingern und gab eine spöttische Singstimme von sich. „Ich bin es, der Geist der Seelenverwandten, der dich zur Liebe deines Lebens führt. Sie wartet auf dich, Daniel. Sag nicht Nein zu deinem Freund James oder du wirst für immer allein sein."

„Sehr lustig", sagte Daniel trocken. „Hast du schon jemals davon gehört, dass man Humor als Verteidigungsmechanismus einsetzt?"

„Davon gehört? Ich habe es erfunden. Sollte ich Gebühren verrechnen? Kommst du jetzt in den Klub oder nicht?"

„Gut", sagte Daniel und verdrehte die Augen. „Aber ich werde nicht dein Wingman sein, bis du zugibst, dass ein Teil von dir an Seelengefährten glaubt."

„Gut", wiederholte James grinsend. „Ich werde sie alle selbst anbaggern."

Sie verbrachten noch eine Stunde oder so am Strand und redeten und lachten. Daniel ließ das Gespräch bezüglich Seelengefährten auf sich beruhen. Er wusste, wann er ein Thema ausgereizt hatte. Zu seinem Ärger kehrte James in seinen Gedanken selbst zu dem Thema zurück, nachdem sie den Abend endlich beendet hatten und über die Sanddünen zu ihren Häusern gingen.

Es war nur eine kleine Siedlung mit ein paar Dutzend Häusern, die über ein paar Straßen verteilt standen. Es sah nicht sehr organisiert aus, sondern so, als ob die Straßen nachträglich gebaut wurden, nachdem die ursprünglichen Siedler ihre Häuser genau dort errichtet hatten, wo sie wollten. James hatte eine seltsame Stelle beansprucht, die weiter vom Strand entfernt war als die meisten anderen Häuser. Sein Haus stand am nördlichen Rand der Siedlung, genau dort, wo der Wald begann. Er begleitete Daniel zu seinem Cottage und ging dann weiter zu seinem Haus, wo er das Licht an der Veranda angelassen hatte.

Er hatte ewig damit verbracht, sein Haus so zu bauen, wie er es haben wollte. Eine einfache Küche, ein großes, geräumiges, komfortables Wohnzimmer und ein riesiges Schlafzimmer mit einem Kingsize-Bett. Nicht, dass er jemals seine romantischen Eroberungen zu sich nach Hause gebracht hätte. Nein, dieses Bett gehörte ihm alleine, wie auch die anderen Zimmer. Er hatte sich auch ein Arbeitszimmer eingerichtet, als er eingezogen war, um Platz für seine Bücher zu schaffen, aber er nutzte es kaum, seit er entdeckt hatte, dass er seine physische Bibliothek in einen schlanken kleinen E-Reader packen konnte. Jetzt blieb die Tür zum Arbeitszimmer an den meisten Tagen geschlossen und er warf einen bedauernden Blick darauf, als er auf dem Weg zur Dusche, um sich das Salz von der Haut zu waschen, daran vorbeiging.

Er würde Daniel nie ein Wort darüber erzählen, aber als er unter die sengend heiße Dusche trat und die Augen schloss, während das Wasser über seine müden Muskeln lief, konnte er nicht verhindern, dass seine Gedanken zu einer bestimmten Sommernacht zurückkehrten, die bereits vier Jahre zurücklag. Er war damals völlig alleine an der Ostküste unterwegs, da er den Stress in der Siedlung und den Lagerkoller, den er durch die Sesshaftigkeit bekam, loswerden musste. Eine Art einmalige Rückkehr zu einem Leben auf der Straße. Er hatte ein Motorrad gemietet, genauso eines, wie er es in den alten Tagen fuhr, und sich ohne festes Ziel auf den Weg gemacht hatte. Und natürlich war jeder Ort, an dem er angehalten hatte, eine neue Gelegenheit für eine Eroberung gewesen.

Sie war mit einer Gruppe von Frauen auf einer Junggesellinnenparty irgendwo in Miami gewesen. Er hatte kurz darüber nachgedacht, die zukünftige Braut zu verführen, aber stattdessen blieb sein Blick an einer der Brautjungfern hängen. Sie war eine der ruhigeren, was James üblicherweise abschrecken würde, denn er hatte normalerweise eine bessere Chance bei extrovertierten Frauen. Aber es lag etwas in ihrem Lächeln, das über ihr Gesicht tanzte, als er sich der Gruppe vorstellte, das seine Aufmerksamkeit erregt hatte. Sie sprachen kaum, aber was ihnen an Gesprächen gefehlt hatte, hatten sie auf der Tanzfläche wieder wettgemacht. Danach war er in ihrem Hotelzimmer gelandet und der Sex, den sie hatten, hatte die Messlatte für alles, was danach kam, sehr hochgelegt.

Aber als er am nächsten Morgen aufwachte, war sie weg. Seine übliche Reaktion war, so schnell wie möglich abzuhauen, aber er hatte ein seltsam zurückhaltendes Gefühl, als er seine Sachen packte und auf sein Bike stieg. Normalerweise verschwanden seine Eroberungen aus seinem Gedächtnis und die vielen Erinnerungen verschmolzen in seinem Kopf miteinander. Es würde ihm schwerfallen, sich an die Namen der letzten Dutzend Frauen zu erinnern, mit denen er geschlafen hatte. Aber aus irgendeinem Grund war ihm Julia immer in Erinnerung geblieben.

James ärgerte sich über sich selbst, stellte das Wasser ab und trocknete sich, während er versuchte, sich auf andere Dinge zu konzentrieren. Es war einfach großartiger Sex gewesen, das war alles.

Manchmal hatte man Glück und traf jemanden, der zufällig sehr kompatibel war. Vielleicht war es anatomisch, vielleicht war es chemisch, wer wusste das schon? Was auch immer der Fall sein mag, es bedeutete verdammt noch mal nicht, dass Daniel mit seinen Seelengefährten recht hatte. Wie konnte Julia seine Seelengefährtin sein? Sie war ein Mensch, stammte von der Ostküste und hatte ihm nicht einmal ihren Nachnamen genannt. Und auch wenn er seit ihrer Begegnung immer wieder von ihr träumte, hatte das nichts zu bedeuten.

Oder etwa doch?

Kapitel 2 - Julia

Julia seufzte, vergrub das Gesicht in ihren Händen und widerstand dem Drang, ihre Finger durch ihre kurzen blonden Haare zu ziehen. Es war eine nervöse Angewohnheit, aber man hatte ihr gesagt, dass sie dadurch wie eine verrückte Wissenschaftlerin aussah. Obwohl das für sie nicht wirklich etwas Negatives war, hatte sie jetzt einen Bürojob und es war wichtig, präsentabel auszusehen. Zumindest vermutete sie das. Auf jeden Fall konnte sie nichts tun, was ihre Position irgendwie gefährden könnte. Jobs wie diese waren schwer zu finden. Jobs, die indirekt mit ihrem Fachgebiet zu tun hatten. Jobs mit einem regelmäßigen Gehaltsscheck und einigermaßen flexiblen Arbeitszeiten, die gut in ihr ziemlich kompliziertes Leben passten.

Was nicht heißen soll, dass es keine frustrierende Arbeit war. Sie war auf halbem Weg durch einen Fundraising-Bericht, den sie für eine bevorstehende Veranstaltung verfasste. Es war egal, wie oft sie ihrem Chef sagte, dass alles, was mit Geld zu tun hatte, noch nie ihre Stärke war. Sie hatte einen Abschluss in Umweltwissenschaften, nicht in Finanzwesen oder Buchhaltung, aber einige Dinge davon schienen immer einen Weg auf ihre To-Do-Liste zu finden. Aber sie wollte sich nicht beschweren, denn die Organisation war nicht groß genug, um eine eigene Finanzabteilung zu haben. Trotzdem hätte es ihren Chef doch nicht umgebracht, Zach mit solchen Aufgaben zu betrauen? Er prahlte schließlich immer damit, wie gut er mit Geld umgehen konnte. Aber er meinte das wichtige, glamouröse Zeug wie das Aushandeln von Sponsorengeschäften, kein langweiliges Erstellen von Listen, was wie viel kosten und woher das Geld kommen würde. Oder das Senden tausender E-Mails, um die Zahlen zu überprüfen. Oder hundertmaliges Durchrechnen, weil das Endergebnis eine mysteriöse Diskrepanz von zwölf Dollar aufwies, die sie einfach nicht lösen konnte.

„Ich liebe meinen Job", murmelte Julia leise, während sie ihre Hände zur Seite drückte und ein paar tiefe Atemzüge machte. Eine Meditationstechnik, die ihre Mutter ihr beigebracht hatte, und eine der wenigen, die ihr in Erinnerung geblieben sind. Jane war früher ein Hippie an der Westküste, aber ihre etwas ernstere kleine Tochter hatte sich nicht viele ihrer esoterischen Lektionen zu Herzen genommen. Meditation half ihr jedoch dabei, die Dutzende kleiner Panikattacken abzuwehren, die sie während ihres Arbeitstages zu überfallen versuchten.

Sie atmete langsam wieder aus und fühlte sich etwas ruhiger. Es war wahr. Sie liebte ihren Job. Sie hatte sich nie vorgestellt, in einem Büro zu arbeiten, so viel war sicher, aber zumindest diente die mühsame Arbeit, die sie leistete, dem Wohle der Welt. Ihre Arbeit trug auf eine kleine, aber messbare Weise zur Rettung des Planeten bei. Nicht schlecht dafür, dass sie den ganzen Tag vor dem Computer saß. Und ja, manchmal fühlte es sich viel zu weit entfernt an von der Arbeit, die sie wirklich leisten wollte, der Arbeit vor Ort und mit Dreck unter den Fingernägeln. Aber angesichts der Anzahl von Menschen, die in einem Büro arbeiteten, um den Gewinn der Monsterkonzerne zu erhöhen, schätzte Julia sich glücklich, dass die Organisation, für die sie arbeitete, etwas wirklich Wichtiges tat.

Sicher, es war nicht genug, vor allem angesichts der Klimakatastrophe, die wie ein außer Kontrolle geratener Zug auf den Planeten zuraste. Aber es war etwas.

Und es war beständig, erinnerte sie sich, als ihre Augen von den Fundraising-Zahlen zu dem gerahmten Bild wanderten, das auf ihrem Schreibtisch stand. Riley hatte den Rahmen gemacht, nun, er hatte ihn zumindest dekoriert. Und es war Rileys fröhliches, kleines Gesicht, das sie von dem Bild, das sich darin befand, anstrahlte. Eines der besten Fotos, die sie jemals gemacht hatte, dachte sie mit einem Lächeln und streckte die Hand aus, um eine Fingerspitze über das Glas zu streichen, wo es bereits einen Fleck hatte, da sie an diesem Morgen schon so oft über das Gesicht ihres Sohnes gestreichelt hatte. Es war fast unmöglich, ein anständiges Foto von Riley zu machen. Sie hatte vielleicht vier oder fünf Fotos von seinem Gesicht und ein Dutzend von ihm, wo er nach unten oder oben blickte oder sein Gesicht in der Schulter eines jeden versteckte, der ihn auf dem Arm hielt. Wie hatte sie nur so einen schüchternen kleinen Mann großgezogen? Sie stammte aus einer großen, stolzen und sehr lauten extrovertierten Familie. Nicht, dass sie heutzutage viel Zeit gehabt hätte, um Kontakte zu knüpfen. Nicht als alleinerziehende Mutter eines kleinen Kindes.

Sie hoffte, dass es ihm in der Kindertagesstätte gut ging. In den ersten Jahren konnte sie ihn tagsüber bei ihrer Mutter lassen. Jetzt war Jane jedoch ein zunehmend gefragter Meditations- und Yoga-Guru und aufgrund der steigenden Schülerzahl erlaubte ihr Unterrichtsplan kein ganztägiges Babysitten mehr. Riley verbrachte immer noch ein paar Tage in der Woche bei seiner Oma und Julia hatte auch Freunde, die einige Tage auf ihn aufpassten, aber schließlich musste sich doch eine andere Lösung finden und ihn in einer Kindertagesstätte in der Nähe ihres Büros unterbringen.

Es war natürlich nicht ideal. Die Kindertagesstätte war in Ordnung, aber die Kinder verbrachten den größten Teil des Tages drinnen und das war noch nie nach Rileys Geschmack. Ihre Mutter hatte einen riesigen Garten hinter dem Haus, in dem Riley nach Belieben herumlaufen konnte. Diese Liebe zur Natur lag in der Familie. Was allerdings nicht in der Familie lag, waren Rileys riesige blaue Augen, die für alle ein Schock waren. Es war ein tiefes, wunderschönes Blau, so, wie der Ozean. Julia hatte fast damit gerechnet, dass sie, wenn er älter wurde, in das traditionelle Dunkelbraun der Familie übergehen würden. Sollte Genetik nicht so funktionieren? Aber nein, Riley würde in ein paar Monaten drei werden und seine Augen waren immer noch hartnäckig blau. Es war immer das Erste, worüber sich die Leute äußerten, wenn sie ihn zum ersten Mal trafen. Julia lächelte und erinnerte sich an die Art und Weise, wie die Frauen in der Kindertagesstätte ihren Sohn bewunderten, als sie ihn hingebracht hatte, um sich umzusehen.

Sie beschloss, noch zehn Minuten zu arbeiten, und wandte sich wieder dem Bildschirm zu. Noch zehn Minuten, dann würde sie ihre Mittagspause machen. Sie aß normalerweise an ihrem Schreibtisch. Sie hatte einen Gartensalat im Kühlschrank, auf den sie sorgfältig ihren Namen geklebt hatte, aber sie plante, ihre halbstündige Pause zu nützen, um für Rileys dritte Geburtstagsfeier Ideen einzuholen.

Sie hatte den Bericht fast fertiggestellt, als ihr Telefon summte. Es war nicht ihr Telefon am Schreibtisch, sondern das Handy in ihrer Tasche. Julia runzelte die Stirn und ihr Puls beschleunigte sich. Ihr Handy war immer auf „Nicht stören“ eingestellt, wenn sie bei der Arbeit war. Die einzigen Ausnahmen waren ihre Mutter, die Handys so sehr hasste, dass man sich darauf verlassen konnte, dass sie nur in einem echten Notfall anrief, und die Kindertagesstätte.

Und tatsächlich war es Sue, die Krankenschwester der Kindertagesstätte. Julia spürte, wie Angst in ihr aufstieg.

„Nichts allzu Ernstes“, sagte Sue schnell und mit einem Ton, der andeutete, dass sie viel Erfahrung damit hatte, panische Eltern zu beruhigen. „Aber deinem kleinen Mann geht es ein bisschen schlecht. Er hat ziemlich hohes Fieber.“

„Fieber?“, sagte Julia überrascht. Riley war heute Morgen in bester Stimmung gewesen. Er hatte geplaudert, gelacht und sogar darauf bestanden, sein eigenes Outfit auszusuchen, woran er normalerweise kein großes Interesse hatte. Auf jeden Fall nicht wie ein fiebriges Kind.

„Er ist hier bei mir in der Krankenstation gut aufgehoben“, erklärte Sue fröhlich. „Nur eine kleine Erinnerung, dass es gegen die Regeln ist, kranke Kinder in die Tagesstätte zu bringen.“

„Er war heute Morgen nicht krank ...“

„Nur weil er damit alle anderen in Gefahr bringt, weißt du? Ein ansteckendes Kleinkind kann jeden anstecken, mit dem es in Kontakt kommt, was nicht sehr gut wäre, richtig? Wenn du also das nächste Mal bemerkst, dass es Riley schlecht geht, lass ihn besser zu Hause.“

Julia zögerte. „Okay. Entschuldigung, Sue. Noch mal, er hat wirklich kein Anzeichen gezeigt …“

„Also, wann holst du ihn ab?“

Julia warf einen Blick auf ihre To-Do-Liste. Es war ein Freitagnachmittag, was bedeutete, dass sie einige Meetings mit Spendern hatte sowie etwa ein Dutzend E-Mails für Spendenaktionen für den nächsten Monat aussenden musste. Sie hatte sich darauf verlassen, dass Riley bis mindestens fünfzehn Uhr in der Kindertagesstätte sein würde.

„Ich kann um zwei Uhr dreißig da sein?“

Sie hörte, wie Sue am anderen Ende des Telefons tief durchatmete. „Gut …“

Julia ließ den Kopf sinken. „Ich werde so schnell ich kann da sein.“

„Wunderbar“, trällerte Sue. „Bis bald, Jules.“

Julia biss die Zähne zusammen, als sie auflegte. Sie hasste diesen Spitznamen, aber sie war nicht in der Position, mit Sue deswegen zu diskutieren. Es war schon schwer genug gewesen, Riley einen Platz in dieser Kindertagesstätte zu verschaffen, da sie sehr gefragt war. Sie konnte nicht riskieren, seinen Platz zu verlieren, und auch nicht, ihren Job zu verlieren. Manchmal fühlte es sich so an, als ob ihr Leben nicht mehr ihr gehörte.

„Habe ich dich sagen gehört, dass du gehst?“

Die Anspannung in Julias Nacken verstärkte sich bei dem Klang dieser Stimme. Zach saß am Schreibtisch hinter ihrem, etwas, das sie hasste, aber ziemlich gut verdrängen konnte. Zumindest war er nirgendwo, wo sie ihn sehen konnte.

„Ich wünschte, du würdest meine Anrufe nicht belauschen, Zach. Du weißt, es ist mir …“

„Ja, ja, unangenehm“, sagte er abweisend und betonte das Wort ‚unangenehm‘ spöttisch, als wäre die Vorstellung, dass sie Grenzen hätte, völlig lächerlich. „Dein Kind ist krank, oder?“

„Sieht ganz danach aus.“ Sie seufzte und fuhr sich mit den Händen durch die Haare, ohne sich darum zu kümmern, wie sie danach aussehen würde. „Ihm ging es heute Morgen gut. Ich verstehe das nicht.“

„Und was wirst du tun, um es wiedergutzumachen?“

Er stand vor ihrem Schreibtisch, legte seine offenen Handflächen darauf und blickte über die Rückseite ihres Laptops auf sie herab. Zach Haig jagte ihr eine Gänsehaut über ihren Körper und wenn er so nah war, musste sie sich zurückhalten, um ihm nicht ins Gesicht zu schlagen. Er war einer der Typen, die immer gut aussahen und es auch wussten. Er hatte blondes Haar, dunkle Augen, ein markantes Kinn und einen perfekt trainierten Körper. Die Art von Körper, die nur durch viel Zeit und Geld für einen Personal Trainer, teures Proteinpulver, Nahrungsergänzungsmittel und eine Mitgliedschaft im schicksten Fitnessstudio der Stadt zustande kam. Mitgliedschaften, er hatte mehrere. Sie hatte unzählige Details über seinen Fitnessplan gehört. Viermal in der Woche Thai-Boxen, dreimal in der Woche CrossFit, zur Arbeit mit dem Rad fahren, Surfen am Wochenende und alle paar Wochen zum Snowboarden durchs ganze Land reisen. Er könnte auch genauso gut ein Abzeichen mit der Aufschrift „Ultra-privilegiertes, reiches Kind“ tragen.

Zach, der jüngste Sohn eines Moguls aus dem Silicon Valley, arbeitete ausschließlich für diese kleine Wohltätigkeitsorganisation. Er hatte einen Abschluss im Finanzwesen und nichts mit Umweltarbeit zu tun, aber aufgrund seiner Familie und seines Reichtums genug Einfluss und Verbindungen, sodass die Organisation alles tat, um ihn mit allen Mitteln an Bord zu halten.

Julia hasste ihn mit jeder Faser ihres Körpers. Aber er war ein so notwendiges Übel wie die vielen Fundraising-Berichte. Es war besser, ihn hier zu haben, wo seine Privilegien tatsächlich etwas Gutes für die Welt bewirken könnte, als ihn in die Armee der Anzugträger aufzunehmen, die den Planeten mit ihrer Gier zerstörten. Und so unerträglich er auch war, sie musste zugeben, dass er der Organisation wirklich viel Geld einbrachte. Er war unverzichtbar und er wusste es auch.

„Was habe ich bei dir gutzumachen?"

„Nun, du lässt mich ganz alleine, ohne dass ich etwas Hübsches zum Anschauen habe", schmollte er. Diese fast schwarzen Augen und hohen Wangenknochen mögen ihm bei anderen Frauen weiterhelfen, aber bei Julia hatten seine Reize noch nie gewirkt. Vielleicht flirtete er deshalb so aggressiv mit ihr. Es war nicht so, dass er sich tatsächlich für sie interessierte, sondern er wollte nur den Beweis, dass sie sich für ihn interessierte. Nun, er hatte Pech. Sie hatte ein Dutzend Mal darüber nachgedacht, ihrem Chef sein grenzwertiges Verhalten ihr gegenüber zu erwähnen, aber war hin- und her gerissen. Rowena arbeitete 80 Stunden in der Woche und diese Organisation bedeutete ihr alles. Sie war eine Frau mit festen Prinzipien und Julia wusste, dass sie Zach sofort feuern würde, wenn Julia ihr von seinem Verhalten erzählen würde. Aber die Organisation könnte es nicht verkraften, das zu verlieren, was er einbrachte, und Julia konnte Rowena das nicht antun.

Also ertrug sie es einfach. Es könnte schlimmer sein, dachte sie sich. Er hatte nie versucht, sie zu berühren, und war körperlich nie aufdringlich gewesen. Es waren nur die Kommentare, seine Blicke, die besitzergreifende Art, wie er über ihre „Freundschaft" sprach, und die sehr persönlichen Fragen über ihre Wochenendpläne.

Und im Moment brauchte sie ihn, um sie zu vertreten.

„Könntest du die Meetings alleine abwickeln?", fragte sie und biss die Zähne zusammen. „Ich weiß, dass ich gesagt habe, dass ich dabei sein werde, aber ..."

„Uff, ich weiß es nicht", sagte Zach mit einem scheinbar ernsten Stirnrunzeln. „Ich meine, ich habe wirklich damit gerechnet, dass du da bist, Jule."

Sie biss die Zähne zusammen, um ihn nicht zu korrigieren. Sie hatte es nach einigen Monaten der Zusammenarbeit geschafft, ihn dazu zu bringen, nicht mehr Jules zu sagen, nur um sie am nächsten Tag stattdessen Jule zu nennen. Er behauptete, sie so zu nennen, weil sie ein Juwel war, aber sie wusste, dass das gelogen war. Es war eine Kontrollsache. Aber sie war es leid, um weiter dagegen anzukämpfen.

„Bitte, Zach?"

„Du weißt, ich kann diesen großen braunen Augen nicht widerstehen. *You my, my brown-eyed girl!*" Sie widerstand dem Drang, zusammenzucken. Er hatte ihr dieses verdammte Van Morrison-Lied in den letzten ein oder zwei Jahren so oft vorgesungen, dass sie es nicht mehr hören konnte, ohne dass sie ihre Zähne zusammenbiss.

„Also, wirst du mich vertreten?"

„Natürlich, Babe. Wir sind doch ein Team." Die Aufrichtigkeit in seinen Augen war ärgerlich. Er war so gut darin, es vorzutäuschen, dass sie fast darauf reinfiel. „Du schuldest mir was."

„Alles klar. Danke, Zach." Sie griff nach ihrem Handy und ihrer Handtasche, schloss ihren Laptop und stand auf. „Ich sage Rowena …"

„Mach dir keine Sorgen, sie telefoniert. Ich werde ihr Bescheid geben. Du hol deinen kleinen Kerl und sag ihm liebe Grüße von Onkel Zach!"

Sie ging, bevor sie explodieren konnte, und dachte bereits darüber nach, wie sie die Arbeit, die jetzt liegen blieb, nachholen könnte. Sie konnte von zu Hause aus E-Mails senden, das war in Ordnung. Auf ihrem Handy hatte sie Zugriff auf ihre Firmen-E-Mail, aber sie würde die Zahlen von dem Bericht benötigen, den sie gerade fertiggestellt hatte. Hatte sie ihn in die Cloud hochgeladen? Sie hoffte es. Julia atmete ein paar Mal tief durch, als sie sich in ihr Auto setzte und versuchte, ihre innere Ruhe wiederzufinden, als die Panik in ihr aufstieg. Zach zerrte immer fürchterlich an ihren Nerven. Und der Tag, an dem sie ihn als Onkel ihres Kindes bezeichnete, war der Tag, an dem sie sich in den Pazifik stürzen würde.

Als sie in der Kindertagesstätte ankam, wurde sie direkt ins Krankenzimmer geführt. Es war ein schöner kleiner Raum mit ein paar

Betten, die durch Vorhänge abgetrennt waren, und einem kleinen Spielbereich für kranke Kinder, denen es nicht ganz so schlecht ging, um im Bett liegen zu bleiben. Riley saß ruhig da und zeichnete. Als sie eintrat, sah er zu ihr auf und ein kleines Lächeln breitete sich auf seinem Gesicht aus.

„Wie geht es dir, kleiner Mann?“, fragte sie und nahm ihn in die Arme. Er lehnte sich glücklich an ihre Hüfte und sie sah Sue an. „Wie geht es ihm?“

„Immer noch Fieber“, sagte Sue. „Gut, dass das Wochenende kommt, richtig? Genießt es, ihr beiden. Ruh dich aus, Ri-Ri.“

Julia machte sich nicht die Mühe, sie zu korrigieren. Es war klar, dass sie anscheinend einfach nicht anders konnte, als anderen einen irritierenden Spitznamen zu verpassen.

Sie machten sich auf den Weg nach Hause. Riley saß auf seinem Kindersitz und schaute gelassen aus dem Fenster. Er schien nicht wirklich krank zu sein, dachte Julia stirnrunzelnd, aber Sue hatte sein Fieber gemessen, bevor sie gegangen waren, und es war weitaus höher, als es sein sollte. Sie seufzte und entschied sich dafür, ihn im Auge zu behalten.

Ihre Wohnung lag nahe am Strand, was das einzig Gute an ihr war. Sie war uralt und in einem schlechten Zustand, aber ihren Vermieter zu veranlassen, irgendwelche Reparaturen vorzunehmen, war ungefähr so, wie Zähne ziehen. Trotzdem waren es das unzuverlässige Warmwasser und die uralten Küchengeräte wert, um an den Wochenenden mit ihrem Kind zum Strand hinuntergehen zu können.

„Strand?“, fragte Riley und strahlte sie mit seinen blauen Augen fragend an, als er zu ihr aufblickte. Sie konnte nicht anders, als zu lachen, als sie seinen Sicherheitsgurt öffnete.

„Du hast sonst nichts anderes im Sinn, nicht wahr, mein Freund? Vielleicht später, okay? Du musst zuerst diese schöne Zeichnung hier fertig machen.“ Sie hatte die Zeichnung mitgenommen, an der er im Krankenzimmer gearbeitet hatte, und er war mehr als glücklich, sich zum Couchtisch zu setzen, um seine Arbeit fortzusetzen. Sie holte ihr Handy heraus, um die E-Mails zu versenden, und biss sich auf die Lippe, als sie eine Nachricht von ihrer besten Freundin sah.

„DU. ICH. DIE MÄDELS. WEIN. BAR. TANZEN. HEUTE ABEND. ICH WETTE, DASS DU ES VERGESSEN HAST.“

Sie hatte es vergessen, dachte sie schweren Herzens. Sie hatte ihren Freundinnen versprochen, dass sie wieder einmal tanzen gehen würden, so wie sie es früher getan hatten. Das letzte Mal war wahrscheinlich schon Jahre her und heute Nacht war schon lange geplant. Etwas weiter oben an der Küste wurde eine neue Bar eröffnet und sie wollten etwas trinken, tanzen und ein bisschen verrückt sein, so wie sie es in ihren wilderen Tagen getan hatten. Julia sah auf Riley, der friedlich die Blätter des wunderschönen Baumes, den er gezeichnet hatte, mit Farbe ausmalte. Gott, sie war seit seiner Geburt nicht mehr unterwegs gewesen. Und sie hatte auch niemanden organisiert, der auf ihn aufpassen würde.

Das Display auf ihrem Handy leuchtete auf, als hätte es ihre Gedanken gelesen. Es war noch mal Meg. Warum schrieb sie immer alles in Großbuchstaben? Es fühlte sich an, als würde man angeschrien.

„DEINE MUM NIMMT RILEY ÜBER NACHT. ICH HABE ES ORGANISIERT. BITTE. SIE HOLT IHN UM FÜNF AB. ICH BIN UM SECHS BEI DIR UND WER WEISS, BEI WEM WIR UM SIEBEN SIND?“

Julia konnte nicht anders, als darüber zu lachen. Riley blickte zu ihr auf und seine blauen Augen leuchteten vor Neugier. Es war typisch für ihre Mutter, sich mit ihren Freunden zu verschwören, um sie aus dem Haus zu locken. Und ehrlich gesagt war der Gedanke an ein Glas Wein ziemlich verlockend. Sie konnte es nach der Woche, die sie hatte, wirklich gebrauchen. Obwohl ein Teil von ihr darüber nachdachte, abzusagen, nahm sie ihr Handy und schickte eine Nachricht an Meg zurück, bevor sie es sich anders überlegen konnte.

„Wir sehen uns um sechs!“

Kapitel 3 - James

James ging nach der Arbeit federnden Schrittes nach Hause. Es war wieder ein langer, harter Arbeitstag gewesen. Er war verantwortlich für die Malarbeiten in den Ferienhäusern, aber er fühlte sich gut dabei, wie schön die Häuser mittlerweile aussahen. Lachlan hatte eine spezielle Isolierfarbe entdeckt, mit der die Kosten für die Klimatisierung der Häuser gesenkt werden konnten. Das würde zusammen mit dem Hausentwurf, der laut Bryce bei der Wärmeabgabe am effizientesten war, dazu beitragen, dass sich die Touristen auch im heißen kalifornischen Sommer an Tagen wie diesen wohlfühlen würden. Er konnte nicht sagen, dass ihm einer der beiden Faktoren an diesem Tag geholfen hatte. Er war schweißgebadet und roch wahrscheinlich abscheulich. Er konnte es kaum erwarten, unter die sengend heiße Dusche zu kommen und die Arbeitswoche von seinem Körper zu waschen. Einige Leute hielten es vielleicht für verrückt, eine heiße Dusche als erfrischend zu empfinden, aber James war niemandem Rechenschaft schuldig. Und außerdem war heute Abend ein besonderer Anlass.

Denn heute hatten er und Daniel Pläne. Er ging an den meisten Wochenenden aus, das war also nichts Neues, aber dieses Mal hätte er einen Wingman. Es fühlte sich so an, als wäre er schon Jahre her, als er mit einem seiner Freunde auf der Jagd gewesen war, und er stellte schockiert fest, dass es tatsächlich so war. Mensch, wer hätte das gedacht. Irgendwann, als sie sesshaft geworden waren und damit begonnen hatten, ein Zuhause zu bauen, waren sie alle zu alten Männern geworden. Nun, er würde diesem dunklen Pfad nicht folgen. Technisch mag sein Alter dreistellig gewesen sein, aber er sah keinen Tag älter als siebenundzwanzig aus – und genauso alt wollte er für den Rest seines Lebens bleiben. Zu jung, um sich mit Frau und Kindern niederzulassen, wie seine Freunde es anscheinend vorhatten. Zu jung für alles andere als trinken, tanzen und bis in die frühen Morgenstunden feiern und danach die schönste Frau, die er finden konnte, mit nach Hause zu nehmen. Vielleicht würde er auch für Daniel jemanden finden. Der Typ könnte eine gute Nacht gebrauchen. Es war seltsam. Sein Freund war so charismatisch und freundlich, er hätte überhaupt keine Probleme bei Frauen haben sollen. Aber James konnte sich nicht erinnern, wann er das letzte Mal mit jemandem nach Hause gegangen war. Selbst in den guten alten Zeiten, als sie unterwegs waren, schien Daniel nie die gleichen Geschichten wie die anderen zu haben.

Nun, heute Nacht würde es anders werden, beschloss James, als er sich unter die heiße Dusche stellte. Heute Nacht würden sie beide Erfolg haben. Er hatte ein bisschen über die Stadt, in die sie wollten, recherchiert. Sie lag etwas außerhalb seines üblichen Radius von Bars und Klubs, aber es gab einige sehr schöne Hotels in der Umgebung. Vorsichtshalber hatte er vorher angerufen und ein paar Zimmer in einem Hotel gebucht, von dem er wusste, dass es in der Nähe der Bar war. Sie würden im Hotel einchecken, bevor sie zur Bar gingen, denn dann hätten sie gleich ihre Zimmerschlüssel bei der Hand, wenn sie einen Treffer gelandet hätten. Nichts ruinierte die Stimmung mehr, als an der Hotelrezeption warten zu müssen, um einzuchecken.

Er stellte die Dusche ab und grinste vor sich hin, als er seinen Körper trocken rieb. Hotels waren in Ordnung, aber nichts war besser als das eigene Zuhause. Manchmal wünschte er sich, er könnte seine Eroberungen mit nach Hause nehmen. Er hatte ein so großes Bett und teilte es nie mit einer anderen Seele, es sei denn, wenn seine Freunde sich bei ihm betrunken hatten und abstürzten. Aber das zählte nicht. Es war nicht wirklich eine Option, Frauen bis zum äußersten Ende der Halbinsel mitzunehmen. Die lange, gerade, dunkle Straße führte durch einen dichten Wald und es fühlte sich ein wenig gruselig an. James wusste, dass seine Alarmglocken läuten würden, wenn er eine Frau wäre, die von einem charismatischen Fremden auf eine solche Fahrt mitgenommen werden würde. Und obwohl er ein erfahrener Frauenheld gewesen sein mag, war er vernünftig genug, seine Eroberungen nicht zu erschrecken oder einzuschüchtern. Schließlich zählte es nicht als Eroberung, wenn sie Angst hatte oder sich unter Druck gesetzt fühlte, seine Annäherungsversuche zu dulden, oder?

Es war auch in seinem eigenen Interesse, dass die Frauen, mit denen er schlief, nicht wussten, wo er wohnte, dachte er, während er sich anzog. Er neigte dazu, sich an Begegnungen mit Frauen zu halten, die wussten, dass sie ein One-Night-Stand waren, denn sie fragten ihn selten nach einer Telefonnummer oder gar einem Nachnamen. Aber gelegentlich hat er eine Frau falsch eingeschätzt und sich auf jemanden eingelassen, der ein wenig anhänglicher war, als ihm lieb war, und dann war die Anonymität eines Hotelzimmers praktisch.

Trotzdem fühlte sich ein Teil von ihm ein wenig einsam, niemanden in seinem Haus zu haben. Es war so ein schönes kleines Häuschen und fast schade, dass seine Freundinnen es nie sehen würden.

Er schüttelte sich, ein wenig überrascht von diesem ungewöhnlich sentimentalen Gedanken. Was kümmerte es ihn, ob Frauen wussten, wie schön sein Haus war? Alles, was ihn interessierte, war, sie ins Bett zu kriegen, eine heiße Nacht miteinander zu verbringen und Spaß zu haben, um sie dann nie wieder zu sehen. Und genau darum würde es heute Abend gehen. Er hatte Daniel sehr deutlich gemacht, dass heute nicht über Seelenverwandte oder andere Fantastereien gesprochen werden würde. Nur Drinks, laute Musik und der Nervenkitzel der Jagd. Er konnte es kaum erwarten. Er war zu lange ein einsamer Wolf gewesen. Nun ja, ein einsamer Drache.

Er brachte seinen Truck vor Daniels Haus zum Stehen, als es noch hell war. Zu dieser Jahreszeit würde die Sonne ein oder zwei Stunden länger scheinen, was James und Daniel sehr recht war. Es gab ihnen Zeit, die Halbinsel zu verlassen, was ungefähr eine vierzigminütige Fahrt war, um dann die Küste entlang zu fahren und ins Hotel einzuchecken, sobald sie das Festland erreicht hatten. In die Bar würden sie erst gehen, wenn es dunkel und die Stimmung gut war. Es gab nichts Peinlicheres, als zu früh in eine Bar zu kommen, vor allem in eine neue Bar wie diese.

Daniel sah gut aus. Er trug schwarze Jeans und ein Hemd. Ein schicker Look, aber mit Sneakers, die andeuten sollten, dass sich keiner von beiden zu viel Mühe gab, um cool auszusehen. Es war nicht einfach, immer auf dem neuesten Stand der menschlichen Mode zu sein, die sich in ihrem schon sehr langen Leben so häufig verändert hatte. Emerson sah immer noch wie ein Verrückter aus dem 18. Jahrhundert aus und Harvey hatte die 40er Jahre nie wirklich hinter sich gelassen, aber James und Daniel machten einen anständigen Job und sahen wie Männer aus diesem Jahrhundert aus.

„Möchtest du das Radio einschalten?“, fragte Daniel, als sie am späten Nachmittag aufbrachen und die Straße außerhalb der Stadt, die durch den Wald führte, entlangfuhren. James verdrehte die Augen.

„Radio? Kumpel, ich habe eine sorgfältig zusammengestellte Playlist. Radio“, spottete er. „Anfänger.“

„Ich habe vergessen, dass du so ein Musik-Snob bist.“

„Ich bin kein Musik-Snob. Ich bin ein Vibe-Snob. Jetzt hör dir das an und sag mir, dass es durch Werbung nach jedem Song und einem lahmen DJ, der uns erzählt, was für ein verrückter Freitagabend das ist, besser werden würde.“

Daniel lachte und lehnte sich in seinem Sitz zurück. „Vibe-Snob. Das gefällt mir.“

Als sie im Hotel ankamen, war die Stimmung der beiden sehr gut. Daniel hatte zwar seine Augen verdreht, als James ihm die Gründe für die Reservierung der Zimmer erklärt hatte, aber auch nicht gesagt, dass er kein Interesse hätte, für diese Nacht eine Frau kennenzulernen. Das war für James so etwas wie ein kleiner Sieg. Sie sahen sich ihre Zimmer an, in denen jeweils ein Kingsize-Bett und, zur Freude von James, ein riesiger Whirlpool war.

„Ich möchte fast hierbleiben und ein Bad nehmen“, überlegte Daniel und warf James einen frechen Blick aus dem Augenwinkel zu. Aber James wusste genau, dass er ihn nur aufziehen wollte, und lachte darüber.

Sie tranken ein paar Drinks in der Hotelbar, während die letzten Sonnenstrahlen vom Himmel verschwanden. Es schien, als wären sie nicht die einzigen Menschen in der Stadt, die bei der Eröffnung der Bar dabei sein würden. Es waren ein paar Gruppen anwesend, die meisten Leute in ihrem Alter – oder zumindest in ihrem scheinbaren Alter. James fing ein paar Blicke von einer Gruppe von jungen Frauen auf. Daniel hob eine Augenbraue, als er ihnen zuzwinkerte, aber keine Anstalten machte, sich zu ihnen zu gesellen.

„Sind wir nicht auf der Jagd?“

„Immer mit der Ruhe. Niemand von ihnen möchte mit dem ersten Mann, den sie sehen, nach Hause gehen. Wir sind noch nicht einmal in der Bar. Willst du dich mit dem ersten süßen Mädchen einlassen, das du siehst?"

„Vielleicht!", meinte Daniel lachend.

„Nun, sie wird sich nicht mit dir einlassen wollen, das garantiere ich dir. Lade sie auf einen Drink ein, wenn du willst. Sie wird sich ein paar Minuten mit dir unterhalten und dann zu ihren Freunden zurückgehen."

„Willst du darauf wetten?"

„Ich verwette mein Leben darauf."

„Die nächste Runde?", forderte ihn Daniel heraus. James grinste.

„Okay."

Zwanzig Minuten später verließ die Frauengruppe die Bar und Daniel kehrte mit einem niedergeschlagenen Gesichtsausdruck zu James zurück. James lachte leise.

„Ich nehme einen Whisky und das Versprechen, dass du nie wieder meinen Instinkt anzweifelst."

„Okay", sagte Daniel und bestellte die Getränke. James stieß ihn in die Rippen. „Okay! Ich verspreche, ich werde nie wieder deinen Instinkt anzweifeln."

„Sehr gut", sagte James grinsend. „Lass uns austrinken und rüber zur Bar gehen."

Es war eine wunderschöne Nacht, als sie das Hotel verließen. Der Himmel war klar und obwohl die Hitze der Sonne verschwunden war, fühlte sich die Erde immer noch warm an, da sie den ganzen Tag von der Sonne aufgeheizt wurde und die Nacht dadurch warm war. James legte seinen Kopf für einen Moment zurück und sonnte sich im Schein des Alkohols und der Vorfreude auf die Nacht, die vor ihnen lag. Er hatte einen seiner besten Freunde an seiner Seite, guten Whisky im Bauch und eine Nacht vor sich, in der er das tun würde, was er am besten konnte. Manchmal hatte er fast das Gefühl, sein Leben sei zu gut.

Daniel grinste ihn an. „Du siehst glücklich aus."

„Hattest du jemals das Gefühl, dass dein Leben gesegnet ist? Zum Beispiel, wenn du genau zur richtigen Zeit am richtigen Ort bist?"

„Interessant. Fast so, als wäre es Schicksal, dort zu sein?"

James sah in spöttisch an. „Fang nicht wieder damit an. Keine Philosophie heute Abend, erinnerst du dich? Das Einzige, über das wir sprechen, sind Frauen und wie man Frauen dazu bringt, uns ihre Aufmerksamkeit zu schenken."

„Was ist, wenn die Frauen über Philosophie sprechen wollen?"

„An einem Ort wie diesem?"

James deutete auf die Bar, als sie sie erreicht hatten. Es war ein niedriges Gebäude aus weiß gestrichenen Ziegeln mit einer pechschwarzen Tür. Es sah ein wenig bescheiden aus und hätte nicht eine lange Schlange von Leuten davorgestanden, die draußen in ihren schicksten Klamotten warteten, hätten sie es kaum bemerkt. James sah sich die Warteschlange an, als sie näher kamen, und bemerkte erfreut, wie viele schöne Frauen sich darin befanden. Es würde eine gute Nacht werden.

„Sollen wir uns anstellen?"

„Daniel. Mit wem bist du hier?" James ging direkt zum Anfang der Warteschlange und ignorierte das verärgerte Murmeln der Leute, an denen sie vorbeigingen. Der Türsteher sah zu ihm auf. Er war ein riesiger Mann, muskulös und mit Tätowierungen übersät. Als er James ansah, zeigten seine strahlend silbernen Augen, dass er ihn wiedererkannte.

„Hey Kumpel. Ich bin froh, dass du es geschafft hast."

„Wie läuft die Eröffnung?"

„Besser, jetzt, wo du hier bist. Viel Spaß." Der Türsteher zwinkerte ihnen zu, als er die Tür öffnete, und James und Daniel traten in eine Soundwolke.

Kein Wunder, dass das Gebäude von außen so klein aussah. Alles, was sich im Erdgeschoss befand, war eine Garderobe und eine Wendeltreppe, die nach unten führte. Aber auch hier oben war die Musik fast ohrenbetäubend. Weder Daniel noch James hatten eine Jacke. Drachen war von Natur aus etwas wärmer als dem Durchschnittsmenschen und sie brauchten selbst bei kaltem Wetter selten eine wärmende Schicht Stoff. Daniel beugte sich vor, damit James ihn hören konnte.

„Woher kennst du den Wolf an der Tür?"

„Er hat in dem Klub gearbeitet, in den wir früher gegangen sind, erinnerst du dich?"

„Natürlich! Ich wusste, dass er mir bekannt vorkommt. Verdammt, das ist schon lange her." Die strahlend silbernen Augen des Türstehers waren für die Menschen in der Reihe vielleicht nicht von großem Interesse, aber ein Gestaltwandler wusste sofort, dass es sich um einen Wolf handelte.

„Zu lange", sagte James bestimmt. „Lass uns hinunter gehen."

Die untere Etage war noch lauter. Der Bass pulsierte so stark, dass es sich anfühlte, als würde er in James' Knochen vibrieren. Er sah sich eine Minute lang in dem Lokal um. Es gab eine riesige Tanzfläche mit einer Bar an jeder Seite und einer Kabine für den DJ am anderen Ende. Obwohl es noch relativ früh und noch nicht einmal Mitternacht war, war die Tanzfläche voll mit Menschen, die zum hypnotischen Rhythmus der Musik tanzten. Er ging mit Daniel an seiner Seite zur Bar und ein breites Grinsen umspielte sein Gesicht. Wie zum Teufel könnte jemand eine Szene wie diese hier aufgeben, nur um sich mit einer Frau niederzulassen, um auf altes Ehepaar zu machen? Es war unvorstellbar.

Der Abend fühlte sich an, als wäre er im Nu vorbei. Der Alkohol half natürlich noch nach, doch James wusste, dass er in seinem Element war. Er sah gut aus, fühlte sich gut und wusste, wie man tanzt und die Damen bezauberte. Es dauerte nicht lange und Daniel unterhielt sich intensiv mit einer hinreißenden Blondine. James ließ sich von ein paar Frauen zu Drinks einladen, aber er würde sich nicht festlegen, bis er sich nicht im ganzen Lokal umgesehen hatte. Er würde sein Schicksal kennen, wenn er sie sah, dachte er grinsend. Er wusste immer, wen er wollte, wenn er sie sah. Vielleicht war das seine Version von Seelenverwandtschaft? Die richtige Frau zu finden, mit der er in dieser Nacht nach Hause gehen würde. Und hatte er nicht Glück? Anstatt nur eine Seelengefährtin zu haben, lernte er jedes Wochenende eine neue kennen.

Und gerade, als er sich vorbeugen und etwas Freches in das Ohr der Frau flüstern wollte, mit der er tanzte, teilte sich die Menge für den Bruchteil einer Sekunde und er sah sie.

Sie musste es sein. Es gab sonst niemanden, der es sein könnte. Sie hatte sich zwar die Haare kurz geschnitten und sah vielleicht ein paar Jahre älter aus, aber es gab niemanden, der diese Frau sein könnte, außer Julia. Er war ein wenig schockiert darüber, wie schnell er auf ihren Anblick reagierte. Er hatte schon ein paar alte Eroberungen wiedergetroffen und es war normalerweise eher eine peinliche Angelegenheit. Er erinnerte sich so selten an ihre Gesichter, geschweige denn an ihre Namen. Aber Gott, er erinnerte sich an jedes Detail von Julia. Ihr Gesicht, ihr Lächeln, die Art, wie sich ihr Körper in seinen Händen angefühlt hatte, und sogar das, was sie ihm über sich selbst erzählt hatte. Sie studierte Umweltwissenschaften, stand kurz vor dem Abschluss und würde nach Hause zurückkehren, sobald sie ihn hatte …

Plötzlich bemerkte er, dass er starrte. Julia hatte ihn noch nicht gesehen, aber eine Frau mit langen, dunklen Haaren stand neben ihr. Sie hatte einen Drink in der Hand und einen neugierigen Ausdruck auf ihrem Gesicht, als sie ihn über die überfüllte Tanzfläche hinweg anstarrte. Er murmelte eine kurze Entschuldigung zu der Frau, mit der er getanzt hatte, und ging direkt auf Julia und ihre Freundin zu. Er fühlte sich, als würde er durch einen Traum wandeln. Könnte es wirklich sie sein? Sie musste es sein. Aber was machte sie hier? Er hatte sie kilometerweit entfernt auf der anderen Seite des Landes getroffen und oft darüber nachgedacht, wie astronomisch unwahrscheinlich es war, dass er sie jemals wiedersehen würde. Wie konnte sie hier sein? Wie groß waren die Chancen, dass so etwas passieren könnte?

„James?"

Sein Herz hörte fast zu schlagen auf, als sie ihn ansah. Sie erinnerte sich an ihn. Sie kannte seinen Namen. Sie erinnerte sich an ihn! Er räusperte sich und versuchte, cool zu bleiben, aber war schockiert darüber, wie völlig unpassend die Nervosität in seinem Magen war.

„Julia, richtig?", fragte er und täuschte vor, sich nicht mehr sicher zu sein. Es wollte sie nicht wissen lassen, wie aufgeregt er war, sie zu sehen. Aber er konnte nicht widerstehen, hinzuzufügen: „Das ist verrückt! Ich habe gerade an dich gedacht."

„Was machst du hier?" Sie sah aus, als würde sie sich freuen, ihn zu sehen. Aber da war noch etwas anderes in ihrem Gesicht. Etwas, als würde sie eine schnelle Kalkulation in ihrem Kopf durchführen. „Ich dachte, du lebst an der Ostküste?"

„Ich wohne hier! Ich meine, nicht hier. Ein wenig die Küste hinauf. Was ist mit dir? Das letzte Mal, als ich dich gesehen habe, warst du auf der Uni …"

„Das ist lange her", lachte sie. Ihre Freundin sah sie beide mit einem neutralen Gesichtsausdruck an.

„Julia? Wirst du mich deinem Freund vorstellen?"

„Mist, sorry. Meg, das ist James. James, Meg, meine beste Freundin. Sie war die Trauzeugin bei der Brautjungfernparty, die wir damals gefeiert haben! Sie hat mich auch heute Nacht hierher geschleppt."

Meg lächelte und verbeugte sich kunstvoll. James lachte und richtete seine Aufmerksamkeit auf sie. „Also bist du es, die Julia beide Male in mein Leben gebracht hat. Ich schulde dir etwas." Klassische Taktik, ihre beste Freundin um den Finger zu wickeln. Beste Freunde konnten selbst dem raffiniertesten Plan in die Quere kommen, das wusste James aus eigener Erfahrung. Aber Meg schien nicht gerade entzückt zu sein. Sie lächelte ihn an, aber der Blick, den sie Julia gab, war ziemlich vielsagend.

„Wir waren gerade auf dem Weg zu den Toiletten", informierte ihn Meg. „Treffen wir uns danach an der Bar?"

„Sicher", sagte James. „Was trinkst du? Die nächste Runde geht auf mich. Der alten Zeiten wegen."

Er nahm ihre Getränkebestellungen entgegen und ging mit klopfendem Herzen zur Bar. Das war es doch, oder? Dies war seine Frau für die Nacht. Eine Wiederholung. Das war heutzutage selten für ihn, aber nicht unmöglich. Gott, er konnte es kaum erwarten, sie in sein Bett zu schleppen und ihr das eng anliegende schwarze Kleid von ihrem wunderschönen Körper streifen …

Aber das Eis in den Getränken begann zu schmelzen, als Meg ihren Weg zu ihm fand und sich durch die Menge drängte. Er runzelte die Stirn.

„Wo ist Julia?"

„Sie musste gehen", sagte Meg mit einem entschuldigenden Ton in ihrer Stimme. „Sorry, Kumpel."

„Das ist nicht gut." Er zögerte. Sie sah ihn mit einem teilnahmslosen Gesicht an. „Ich habe mich wirklich darauf gefreut, mit ihr zu reden."

„Ach ja?" Diese Frau gab nichts preis. Wollte Julia ihn nicht sehen? Er wollte sie unbedingt anrufen oder ihr eine Nachricht schicken. Jetzt, wo er sie gesehen hatte, konnte er nicht einfach vergessen, dass sie hier gewesen war. Würde Meg ihm ihre Nummer geben? Er versuchte, seine Chancen einzuschätzen, und es sah schlecht aus. Nach einer kurzen Pause sprach er.

„Kann ich … wäre es in Ordnung, wenn ich dir meine Nummer geben würde, damit du sie Julia gibst? Kein Druck. Sie muss mich nicht anrufen, wenn sie nicht will. Aber ich möchte wirklich gerne wissen, wie es ihr geht, und in Kontakt bleiben, wenn sie das auch will."

Megs Augen blinzelten nur ein kleines bisschen, aber James konnte spüren, dass er etwas Richtiges gesagt hatte. „Ich denke, das wäre okay."

Er gab seine Nummer in ihr Handy ein und hoffte, dass sie sie Julia wirklich geben würde. Dann nahm sie mit einem Nicken das Getränk, das er ihr gekauft hatte, und verschwand in der Menge. Er sah ihr mit klopfendem Herzen hinterher.

Und plötzlich interessierte ihn niemand mehr im Klub.

Kapitel 4 - Julia

Julia musste zugeben, dass es eine schöne Abwechslung war, abends auszugehen. Wie Meg versprochen hatte, tauchte ihre Mutter pünktlich um fünf Uhr bei ihr auf. Auch wenn Jane ein Hippie war, war sie immer pünktlich. Pünktlichkeit sei eine Geste der Liebe und des Respekts gegenüber dem Universum. Was auch immer die Logik dahinter war, Julia konnte sich nicht beschweren. Es war schön, einen Babysitter zu haben, nach dem man die Uhr richten konnte. Riley seinerseits freute sich, seine Großmutter zu sehen, und dackelte stolz mit seinem Meisterwerk in der Hand zu ihr hinüber.

„Baum“, informierte er sie feierlich. Jane beugte sich vor, um sich das Kunstwerk genauer anzusehen. Ihr langes, glattes graues Haar fiel über ihre Schulter, als sie über ihre Halbmond-Brille spähte. Jane zeigte es sehr deutlich, dass sie ein Blumenkind war. Das Kleid, das sie trug, war ein bodenlanges, fließendes Stück Stoff mit leuchtenden Blumenmustern.

„Ein sehr schöner Baum“, sagte sie ernst. „Ein richtiger Künstler, Riley. Und wie geht es meiner Lieblingstochter?“

„Ich bin deine einzige Tochter“, sagte Julia amüsiert. Ihre Mutter nahm ihr Gesicht in die Hände und sah ihr aufmerksam in die Augen, was eine alte Gewohnheit war.

„Du siehst müde aus, mein Schatz. Ich denke, du solltest mehr Zeit im Ozean verbringen.“

„Kann sein“, sagte Julia und zuckte mit ihren Schultern. Sie liebte den Strand, aber wer hatte schon Zeit dafür? „Aber mit der Arbeit und allem …“

„Aus einer leeren Schale kann niemand schöpfen, Schatz“, sagte Jane. „Als du klein warst, konnten wir dich kaum aus dem Meer herausbekommen. Am Strand tankt sich deine Seele wieder auf. Du bist ein Wasserbaby, das haben wir immer gewusst.“

„Dann sag das meiner Chefin“, sagte Julia mit einem Grinsen.

„Ah ja. Skorpion, richtig?“

Julia kicherte. Die Leidenschaft ihrer Mutter für Astrologie und alles, was mit New Age zu tun hatte, konnte einem ein wenig irritieren, dachte sie. Aber sie liebte ihre Mutter so sehr, dass sie das alles sehr charmant fand, obwohl sie selbst eine etwas praktischere Herangehensweise bevorzugte. Davon abgesehen, hatte Jane ein paar Dinge über Rowena gesagt, die unheimlich treffend waren, zumal sie lediglich ihr Sternzeichen kannte und mehr nicht. Im Stillen fragte sie sich, was sie von Zach halten würde. Was war er? Ein Zwilling oder so.

„Wie auch immer, Liebes, ich freue mich, dass du etwas Zeit mit deinen Freundinnen verbringst. Schwesternschaft ist wichtig. Ich wünschte, ich hätte dir eine Blutschwester geben können, aber du stammst aus einer langen Reihe von Einzelkindern. Riley, mein Schatz“, sagte sie zu dem Jungen und hob ihn mühelos in ihre Arme. Sie mochte eine schlanke Frau sein, aber ihre Yoga-Übungen gaben ihr eine Menge an Kraft. „Meine Güte, sieh dir diese Augen an. Das nenne ich mal ein Wasserbaby.“

„Strand?“, fragte Riley. „Schwimmen?“

„Vielleicht!“

„Die Kindertagesstätte hat gesagt, er hat Fieber“, sagte Julia und folgte ihnen zum Auto. „Aber er scheint in Ordnung zu sein.“

„Wenn wir nach Hause kommen, werden wir einen Fruchtsaft trinken, um das Immunsystem zu stärken. Was sagst du dazu? Und danach nehmen wir ein heilendes Bad im Meer. Besser als alles, was moderne Medizin zu bieten hat“, sagte Jane und Riley lächelte sein langsames, schläfriges Lächeln. „Verabschiede dich von deiner Mom! Hol ihn ab, wann immer du Lust hast, Liebes“, fügte sie hinzu und zwinkerte ihrer Tochter zu. „Ich möchte, dass du die verrückteste Nacht hast, die man sich vorstellen kann.“

Wenn Julia ehrlich war, hätte sie die Nacht auch für sich nutzen können. Ein heißes Bad nehmen, ein Glas Wein trinken und die lästigen E-Mails erledigen. Aber nein. Sie hatte zugesagt, auszugehen, also würde sie ausgehen. Aber was zum Teufel würde sie anziehen? Sie hatte sich seit der Geburt ihres Sohnes in nichts Schönerem als ihrer Bürokleidung gesehen. Was hätte es auch gebracht, sich hübsch zu machen, wenn sie nur Lebensmittel kaufen und mit ihrem Baby im Park spazieren ging? Sie fand ein kleines schwarzes Kleid hinten im Schrank, das zu ihrer Freude tatsächlich passte, als sie es anprobierte. Sie hatte aus sentimentalen Gründen daran festgehalten, aber ein Teil von ihr hatte nicht wirklich daran geglaubt, dass sie jemals wieder den Körper haben würde, für den sie es ursprünglich gekauft hatte. Es schien, als ob sich ihre Hartnäckigkeit bezüglich gesunder Ernährung und jeder Art von Bewegung, die sie in ihren hektischen Zeitplan einbauen konnte, ausgezahlt hatte.

Als Meg kurz nach sechs eintraf (ihre Freundin hatte keinen so ausgeprägten Sinn für Pünktlichkeit wie Jane), fühlte sich Julia glamourös. Sie hatte ihre aufregenderen Nuancen von Lidschatten und Lippenstift ausgegraben und ein wenig experimentiert. Es waren Farben, mit denen sie bei der Arbeit nicht auftauchen konnte, aber Megs erfreuter Gesichtsausdruck sagte ihr, dass das Experiment ein Erfolg war.

„Du siehst verdammt heiß aus“, sagte Meg geradeheraus und rauschte an ihr vorbei in den Raum. „Riley-Wiley ist okay für die Nacht?“

„Er und Mama gehen schwimmen. Er ist begeistert.“

„Ausgezeichnet. Nun, unser verheirateter Waschlappen von einer Freundin Sonia hat beschlossen, uns wegen ihres nutzlosen Ehemanns zu versetzen, also sind es nur wir beide.“

„Du liebst Derek. Du hast ihn ihr vorgestellt“, grinste Julia und schenkte ihrer Freundin ein Glas Wein ein.

„Kein Mann auf diesem Planeten ist gut genug für Sonia“, sagte Meg offen. „Oder für dich. Wenn du mich fragst, der deutlichste Beweis für Gottes Grausamkeit ist die Existenz heterosexueller Frauen. Bist du sicher, dass du nur auf Männer stehst?“

„Ja, leider.“

„Oh je. Nun, wir werden das Beste draus machen. Schließlich suchen wir heute Abend keinen Ehemann.“

„Ich dachte, wir suchen nur nach Drinks und einer Tanzfläche?“

„Sicher, aber eine Frau hat ihre Bedürfnisse. Wann hattest du das letzte Mal Sex?“

„Kann ich die Aussage verweigern?“, fragte Julia. Meg war eine Anwältin und ihre bombastische Persönlichkeit kam in einem Gerichtssaal voll zu Geltung, konnte aber völlig überwältigend sein, wenn es um ihre persönlichen Beziehungen ging. Sie lachte laut, als sie ihren Wein trank.

„Du hast recht, du hast recht. Zuerst trinken und tanzen. Aber wir werden zumindest nach Talenten Ausschau halten, wenn wir dort sind. Was hältst du davon?“

Es war eine wunderschöne Nacht. Meg hatte für kurz nach acht einen Wagen organisiert, der sie abholte, und Julias Protest, dass das für einen einfachen Abend zu aufwendig sei, abgewunken. Sie musste zugeben, dass es schön war, auf den Plüschsitzen zu sitzen und aus dem Fenster auf eine Stadt zu blicken, die langsam lebendig wurde, als sich die Dunkelheit über den langen, heißen Tag legte. Sie fühlte sich großartig in ihrem Kleid und vom Wein angenehm angeheitert. Die Aussicht, die ganze Nacht zu tanzen, war aufregend.

„Danke, Meg“, sagte sie und streckte die Hand nach ihrer Freundin aus, um sie zu drücken. „Ich brauchte das mehr, als ich dachte.“

„Natürlich brauchst du das“, sagte Meg schroff und drückte ebenfalls ihre Hand. „Ich weiß, wie hart du arbeitest.“

„Es ist nur ein Verwaltungsjob …“

„Du bist eine Vollzeitmutter, Babe. Das ist der härteste Job der Welt. Und alles, was du *sonst* noch machst? Superheldenzeug. Wirklich.“

„Hör auf, du wirst mich sonst zum Weinen bringen und mein Make-up ruinieren“, sagte Julia berührt. Aber bevor sie es merkte, hielt der Wagen vor einem unscheinbaren, niedrigen Gebäude an, vor dem eine Reihe von Leuten stand. Sie runzelte die Stirn und sah zu Meg, als sie zum Ende der Reihe gehen wollte, aber ihre Freundin schüttelte den Kopf.

„Nein, Babe. Wir stellen uns nicht in einer Warteschlange an. Nicht heute Nacht.“

Der Türsteher an der Tür musterte sie von oben bis unten, als sie sich näherten. Julia war plötzlich verunsichert. Der Mann hatte verblüffende silberne Augen, die sie zu durchschauen schienen. War sie zu alt für Klubs? Machte sie sich etwas vor, dass sie hier reinpassen könnte? Sie war nur eine alleinerziehende Mutter aus einem Vorort der Stadt. Was machte sie in einem Nachtklub? Aber Meg murmelte dem

Türsteher etwas zu und obwohl sich Julia nicht sicher war, hatte sie den Verdacht, dass ein Geldschein den Besitzer wechselte. Bevor sie weiter darüber nachdenken konnte, waren sie drinnen und ignorierten die verärgerten Kommentare der Leute, die noch in der Schlange standen. Es gab eine Wendeltreppe, die zum Klub führte, und Julia konnte bereits die Musik daraus dröhnen hören, als sie ihre Mäntel bei der Garderobe abgaben.

„Bist du bereit?“, fragte Meg und grinste sie an. Sie nickte und Hand in Hand stiegen sie in die Höhle des Löwen.

Es war nicht überfüllt, als sie ankamen, aber die Tanzfläche war bereits ziemlich voll und der DJ legte sehr gut auf. Sie erkannte natürlich keinen der gespielten Songs, aber der Rhythmus hatte etwas Hypnotisches, das ihren Körper in Bewegung versetzte, ohne dass sie es überhaupt bemerkte. Meg brachte ihr einen Cocktail von der Bar. Julia wunderte sich immer wieder, wie eine Frau, die gerade mal eineinhalb Meter groß war, jemals an einer Bar gesehen, geschweige denn *vor* den Leuten bedient wurde, die bereits lange warteten. Kurz danach waren sie mitten auf der Tanzfläche.

Gott, es fühlte sich gut an, loszulassen. Sie hatte bereits genug getrunken, sodass es ihr egal war, wenn sie albern dabei aussah. Sie tanzte, ohne sich zurückzuhalten, und ließ den Stress der Woche durch die Bewegungen ihres Körpers dahinschmelzen. Ein paar Jungs versuchten, sich ihnen zu nähern, aber so, wie sie vermutet hatte, wehrte Meg sie wie ein Kampfhund ab.

Und dann passierte es. Es waren sicher erst zwei Stunden gewesen. Sie war außer Atem vom Tanzen, aber ihre Füße taten ihr Gott sei Dank noch nicht in ihren Schuhen weh. Sie schaute nach unten und sah Meg, die ihre Augen auf jemanden auf der anderen Seite der Tanzfläche gerichtet hatte. Aber es war nicht der Blick, mit dem sie Fremde verscheuchte, sondern wirkte eher so, als ob sie denjenigen kennen würde. Ein vorsichtiger Blick. Ein Blick, der nur bedeuten konnte ...

„Unmöglich“, hauchte sie, als sie endlich sah, wen Meg ansah.

Die Erinnerungen kamen schnell zu ihr zurück. Vor fast vier Jahren, in einer riesigen Bar an der Ostküste und Sonias Junggesellinnen-Wochenende. Sie wollte ein letztes Mal feiern, bevor sie heiratete, und Derek machte etwas Ähnliches auf der anderen Seite des Landes. Julia hatte damals gerade eine seltsame Phase. Sie war fast fertig mit ihrem

College-Abschluss und der Typ, mit dem sie damals zusammen war, hatte plötzlich entschieden, dass er nun doch keine Freundin haben wollte, und hatte die Sache beendet. Sie war sauer, wütend und rücksichtslos und an der Bar stand ein heißer Typ mit dunklen Locken und den unglaublichsten blauen Augen, die sie jemals gesehen hatte ...

Es war der beste Sex ihres Lebens gewesen. Sie hatte noch nicht Mal über die Hälfte der Dinge nachgedacht, die sie zusammen ausprobiert hatten. Die Kraft ihrer Anziehung und ihrer Verbindung war wie zwei Flutwellen, die aufeinandertrafen. Als sie danach morgens neben ihm in ihrem Hotelbett aufgewacht war, sah sie seinen wie aus Stein gemeißelten Körper und seine sonnenverwöhnte Haut in den Laken. Sie geriet in Panik, floh aus dem Zimmer und hatte sich den ganzen Morgen in Megs Zimmer versteckt. Als sie in ihr Zimmer zurückging, war er zu ihrer Erleichterung spurlos verschwunden. Nur ein One-Night-Stand. Sie hatte zuvor noch nie einen gehabt.

Aber ein paar Monate später stellte sie fest, dass er nicht wirklich verschwunden war, ohne Spuren zu hinterlassen. Es war am Tag nach ihrem Abschluss, als sie endlich einen Test gekauft und das positive Ergebnis völlig ungläubig angestarrt hatte. Auf keinen Fall war es von ihrem Ex-Freund, denn sie hatten seit ihrer letzten Periode keinen Sex mehr gehabt. Es gab nur eine Möglichkeit und sie kannte nicht einmal seinen Nachnamen und hatte keine Möglichkeit, ihn zu kontaktieren. Es war verblüffend. Sie waren wirklich sehr vorsichtig gewesen. Das musste eine Eins-zu-eine-Million-Chance gewesen sein.

Meg war die erste Person, der sie davon erzählt hatte. Sie hatte kaum darüber nachgedacht, als sie das Handy in ihre Hand nahm und wählte, bevor sie das Wissen, dass sie schwanger war, überhaupt vollständig verarbeitet hatte. Ihre pragmatische Freundin hatte sofort einen Vorschlag für das Dilemma, aber obwohl sie einen Moment darüber nachdachte, wusste sie, dass es nicht die richtige Entscheidung für sie war. Die Chancen, dass dieses Kind überhaupt gezeugt worden war, waren minimal. Und obwohl sie nicht, wie ihre Mutter, an das Schicksal glaubte, wusste sie in gewisser Hinsicht, dass dies der richtige Weg für sie war.

Und sechs Monate später, als sie Riley zum ersten Mal in ihren Armen hielt, blickte sie in diese tiefen, ozeanblauen Augen und hatte keine Zweifel mehr, wer sein Vater war.

Sie hatte sich damit abgefunden, ihn nie wieder zu sehen. Natürlich hatte Meg angeboten, ihn aufzuspüren. Sie meinte, dass mit einem Vornamen und einer Beschreibung viel erreicht werden könnte, speziell mithilfe von Social Media. Aber Julia hatte es nie gewollt. Riley war ihre ganze Welt und sie war jedes Mal unglaublich glücklich, wenn sie in sein perfektes kleines Gesicht sah. Sie konnte den Gedanken nicht ertragen, dass sein Vater von seiner Existenz erfahren und sich alles andere als darüber freuen würde. Es ist besser, den Vater nicht zu kennen, anstatt ihn zu kennen und mitzuerleben, dass er einen nicht haben wollte.

Das war mit Julias Vater passiert und sie war entschlossen, ihrem Sohn diese Art von Kummer zu ersparen.

Die letzten drei Jahre gingen ihr durch den Kopf, als James die Tanzfläche auf dem Weg zu ihr überquerte. Als er bei ihr war, stand sie immer noch unter Schock, aber sie hatte eine Entscheidung getroffen. Meg starrte sie aufmerksam an und fragte sich sicherlich, ob sie ihm von Riley erzählen würde, aber im tiefsten Inneren wusste sie, dass das eine schlechte Idee war. Verdammt, dachte sie und sah zu dem Mann auf, den sie für so kurze Zeit so intensiv und leidenschaftlich gekannt hatte. Er war immer noch so heiß und hatte sich kaum verändert, seit sie ihn gesehen hatte. Sein Haar war vielleicht etwas kürzer, aber sonst sah er keinen Tag älter aus. Plötzlich war sie verunsichert und fragte sich, ob sie wie eine Mutter aussah. Nein, sie hatte sich schließlich in Schale geworfen und keine Jeans oder ein von Stiften bemaltes Shirt an. Ihre Tarnung war somit intakt.

Sie tauschten ein paar Worte aus, bevor ihr Meg Gott sei Dank einen Ausweg gab. Sie gingen in eine Ecke der überfüllten Damentoilette. Meg nahm ihre Hand und hielt sie fest, was Julia ein wenig beruhigte.

„Wie hoch sind die Chancen?“, fragte Julia keuchend.

„Ich nehme an, du sagst es ihm nicht?“

„O Gott, nein. Wie sollte ich ihm so etwas sagen? Hey, erinnerst du dich an den One-Night-Stand, an dem wir verhütet haben und noch dazu supervorsichtig waren, weil keiner von uns ein Kind wollte? Überraschung!“

„Er schuldet dir Unterhalt“, sagte Meg direkt. „Ich meine ja nur.“

„Ich will es nicht. Es ist nicht seine Schuld, dass ich schwanger geworden bin.“

„Es ist genauso seine Schuld wie deine, Julia.“

„Ich weiß, ich lasse es einfach, okay? Ich möchte es ihm nicht sagen.“

„Okay, gut. Er möchte dann vielleicht Besuchsrechte. Und du weißt nichts über ihn.“

„Ja“, sagte Julia leise. Ihr Kopf drehte sich und plötzlich war der Lärm in der Bar zu laut für sie. „Hey, tut mir leid, dass ich die Nacht abbreche, aber ich muss hier raus.“

„Natürlich. Geh ruhig. Ich kümmere mich um James. Okay?“

„Danke, Meg.“

Ihre Freundin drückte noch einmal ihre Hand, bevor sie hinausgingen und Julia direkt auf den Ausgang zusteuerte. Die Nachtluft war kühl und frisch im Gegensatz zur stickigen Hitze des Klubs. Sie atmete ein paar Mal tief durch und lehnte sich gegen die Wand. Der silberäugige Türsteher war immer noch da und warf ihr einen besorgten Blick zu.

„Geht es dir gut, Mädchen?“

„Mir geht es gut. Ich habe nur etwas Luft gebraucht.“ Und habe es auf jeden Fall nicht gebraucht, dass der lang verschollene Vater meines Kindes plötzlich wieder in meinem Leben auftaucht…

„Dein Wagen wartet hinter dem Klub“, sagte er und deutete über seine Schulter. „Komm sicher nach Hause, okay?“

Es war eine Erleichterung, wieder auf den gepolsterten Sitzen zu sitzen. Als der Wagen die Straße entlangfuhr, schickte sie Meg eine Nachricht, um ihr für den Abend zu danken und sich zu entschuldigen, dass sie früh abgebrochen hatte. Erst, als sie der Fahrer zu Hause absetzte, summte ihr Handy mit der Antwort.

„KEINE SORGE BABE. KOMM SICHER NACH HAUSE. PS: HAB MIT IHM GESPROCHEN. SCHEINT NICHT DER SCHLECHTESTE TYP AUF DER ERDE ZU SEIN. GAB MIR SEINE NUMMER FÜR DEN FALL, DASS DU IHN ANRUFEN MÖCHTEST. HIER.“

Julia starrte auf ihr Handy. So abweisend sie auch klang, es war tatsächlich ein großer Vertrauensbeweis für Meg, James Nummer überhaupt weitergegeben zu haben. Sie war nicht die Art von Frau, die ihren Freunden die Möglichkeit geben würde, sich auf jemanden einzulassen, den sie nicht gutheißen würde. Er muss sie irgendwie für sich gewonnen haben. Beeindruckend. Und sie musste zugeben, dass sie ihn anrufen wollte, um ein bisschen mehr über den Mann zu erfahren, dessen DNA ihr Sohn teilte.

Sie entschied, dass es nicht heute Nacht sein würde, und ging für eine wohlverdiente heiße Dusche ins Badezimmer. Sie hatte genug Aufregung für heute Abend gehabt.

Trotzdem, er hatte wirklich gut ausgesehen ...

KAPITEL 5 - JAMES

Er starrte nicht auf sein Handy. Auf keinen Fall. Er war sich auch nicht bewusst, wo es sich befand, nämlich in der Tasche seiner Jeans. Er war auch nicht völlig unfähig, Blickkontakt mit einer anderen Person an der Bar aufzunehmen, geschweige denn eine Frau anzusprechen oder sie zurück in sein Hotelzimmer zu bringen. Herrje, sein Hotelzimmer. Würde er heute Nacht wirklich dortbleiben? Eine Frau mitnehmen und die ganze Nacht lang mit ihr Sex haben? Er war müde nach dem langen Arbeitstag. Sein Körper schmerzte und in diesem Klub war es zu laut. Alles, was er wollte, war, irgendwo allein zu sein, wo er das Handy aufladen konnte und vier Striche Signal hätte. Nicht aus irgendeinem bestimmten Grund. Nur für den Fall, dass er einen Anruf oder eine Nachricht bekam.

Verdammt, warum war sie gegangen? War es wegen ihm? War sie wütend auf ihn oder so? Da herrschte eine seltsame Energie zwischen ihr und ihrer Freundin. Eine, wo man sofort wusste, dass so etwas wie eine telepathische Kommunikation zwischen Frauen stattfand. Er hatte es in seinem Leben schon oft genug gesehen, um es zu erkennen. Aber worüber hatten sie kommuniziert? Er erinnerte sich an die Nacht, die er mit Julia verbracht hatte. Wenn er ehrlich war, erinnerte er sich fast zu genau daran. Es war nicht so, als ob etwas schiefgelaufen wäre. Sie war beschwipst, seit kurzem Single, flirtete mit ihm und wollte etwas erleben. Er war mehr als glücklich, ihr den Wunsch zu erfüllen. Sie fühlten sich voneinander angezogen und hatten eine tolle Nacht. Könnte sie böse gewesen sein, dass er sie danach nie kontaktiert hatte? Sicher nicht, denn sie war diejenige gewesen, die ohne eine Notiz zu hinterlassen einfach verschwunden war und ihm keine Möglichkeit ließ, mit ihr in Kontakt zu treten. Hätte er seine Nummer für sie hinterlassen sollen? Oder versuchen, mit dem Personal vom Hotel Kontakt aufzunehmen, um herauszufinden, wer sie ist? Hätte er dadurch nicht wie ein Psychopath gewirkt?

Nein, es war etwas anderes, von dem er nichts wusste, und was auch immer es war, er wollte es unbedingt herausfinden. Aber die einzige Spur, die er hatte, war Julia selbst oder ihre Freundin Meg, die anscheinend mehr wusste, als sie ihm erzählt hatte. Aber er hatte bei Meg alles getan, was er konnte. Er hatte ihr seine Nummer gegeben, um sie an Julia weiterzuleiten. Was konnte er noch tun, ohne das Risiko einzugehen, aufdringlich zu wirken, oder ihr das Gefühl zu geben, das er verrückt war?

Trostlos saß er an der Bar und starrte in das Glas Wasser, das er bestellt hatte. Die Musik pulsierte in seinen Ohren, aber er konnte sie kaum hören, so abgelenkt war er von dem Gedanken an das kurze Wiedersehen mit Julia. Hätte er sich mehr Mühe geben sollen, um sie länger dort zu halten? Ein bisschen ehrlicher darüber sein, wie schön es war, sie zu sehen? Ein paar Frauen gingen an ihm vorbei und selbst in seinem verwirrten Zustand merkte er, dass sie ihn mit großem Interesse ansahen. Aber obwohl ein Teil von ihm darauf reagieren wollte, um zu sehen, wie weit er mit einem kleinen Flirt kommen könnte, wollte der Rest von ihm nur weiter an Julia denken. Was zur Hölle war nur los mit ihm?

„Du siehst einsam aus."

Eine vertraute Stimme, frech und laut, drang durch die Musik. Er blickte auf und sah Meg, die dunkelhaarige Frau, die bei Julia gewesen war. Er hatte ein paarmal beobachtet, wie sie auf der Tanzfläche einen Wirbel machte. Sie war eindeutig nicht die Art von Frau, der es etwas ausmachte, alleine in einem Nachtklub zu sein. Sie war auch nicht die Art von Frau, auf die er normalerweise stand. Frauen wie sie wollten normalerweise nichts mit Männern wie ihm zu tun haben. Und wenn sie interessiert waren, konnte man sich immer darauf verlassen, dass sie den ersten Schritt machten. War es das, was sie tat? Sicher nicht. Aber sie saß neben ihm auf dem Barhocker und schaute ihn von der Seite an.

„Hör zu. Ich hatte nicht vor, Julia deine Nummer zu geben."

„Autsch“, sagte er, nachdem er kurz überlegte. Die Art, wie sie es sagte und ihn dabei ansah, ließ ihn innehalten.

„Ich dachte mir, er ist nur ein Idiot, der jedes Wochenende einen anderen One-Night-Stand hat und sich wahrscheinlich nicht einmal an Julias Nachnamen erinnert.“

„Sie hat ihn mir nie gesagt.“

„Richtig“, unterbrach sie ihn. „Und dann schaue ich hierher und sehe nichts anderes als diesen traurigen Anblick.“

„Ich mache gerade eine Pause, um etwas Wasser zu trinken“, verteidigte er sich schwach. „Es ist nicht …“

„Und ich dachte mir, das ist interessant. Das passt nicht wirklich zum übermütigen Alpha-Arschloch, der nur eine weitere Kerbe in seinen Bettpfosten ritzen möchte.“

James öffnete den Mund und schloss ihn wieder. Er steckte fest. Einerseits hatte Meg absolut recht mit ihm, denn er war ein Idiot, der jedes Wochenende einen One-Night-Stand hatte. In Wirklichkeit waren es Hunderte von Wochenenden, wenn nicht Tausende. Nicht, dass er sie gezählt hätte, aber wenn er mit ihr jetzt zu diskutieren anfangen würde, dann würde sie Julia seine Nummer nicht geben. Und Gott, er wollte wirklich, dass sie das tut. Er wusste nicht, warum, aber tief in seinem Inneren war er überzeugt, dass er unbedingt von der Frau hören wollte, deren Lächeln ihm jahrelang in Erinnerung geblieben war. Also entschloss er sich, nur einen Schluck Wasser zu trinken.

„Ich denke, du magst sie wirklich“, sagte Meg nachdenklich und er merkte, dass sie sein Gesicht musterte, um zu sehen, ob das, was sie sagte, richtig war. Seine Schwester Alice machte das die ganze Zeit. „Ich denke, es hat dich überrascht, sie hier zu sehen. Ich denke, du hast mehr im Sinn als Sex, wenn es um sie geht. Das ist meine Theorie. Was meinst du?“

„Ich hatte nicht damit gerechnet, sie jemals wiederzusehen“, war alles, was er sagen konnte, und breitete seine Hände aus. „Es geht mir nicht um Sex, aber ich würde mich wirklich freuen, mit ihr zu sprechen, das ist alles. Ehrlich.“

„Ich mache das nicht sehr oft“, sagte Meg mit einem warnenden Blick. „Ich nehme dich beim Wort und um es klarzustellen: Alles, was ich tun werde, ist, ihr deine Nummer zu geben. Ich werde nicht vorschlagen, dass sie dich tatsächlich anruft. Ich brauche deine Versprechen, dass du sie ernst nimmst. Okay? Sie braucht nicht noch mehr Stress in ihrem Leben. Wenn du ein Teil davon sein willst, muss dieser Teil ihr etwas *geben*, nicht etwas von ihr nehmen. Verstehst du mich?“

Er nickte. Sie starrte ihn für einen oder zwei weitere Momente an, nickte zurück, zog ihr Handy heraus und drückte ein paar Tasten. „Erledigt.“

Sein Herz überschlug sich kurz. „Du hast ihr meine Nummer gegeben?“

„Ja. Sorge dafür, dass ich es nicht bereue, James“, warnte sie ihn. Dann drehte sie sich um und verschwand in der Menge.

Die Bar hatte jeglichen Reiz verloren und es war Zeit, zu gehen. James stand auf. Seine Größe machte es ihm leicht, sich durch die Menge zum Ausgang zu bewegen. Als er die Wendeltreppe erreichte, verdrehte er verärgert die Augen. Da stand Daniel, der sich intensiv mit einer Frau unterhielt … und einem Mann, der eindeutig ihr Freund war.

„James!“ Daniels Gesicht leuchtete auf. Er war eindeutig ein bisschen betrunken und amüsierte sich prächtig. „Maria und Rory studieren hier Philosophie an der UCLA!“

„Das ist großartig“, sagte James trocken. „Ich gehe.“

„Wir sprechen über den freien Willen“, informierte ihn Daniel.

„Großartig, Kumpel. Bis später.“

„Geht es dir gut?“ Daniel runzelte die Stirn, aber James war bereits auf dem Weg die Treppe hinauf, um den Lärm und die Menge hinter sich zu lassen. Er konnte Daniel hören, wie er sich hinter ihm verabschiedete und ihm hinterher eilte. Er holte ihn auf der Straße ein. Es war jetzt nach Mitternacht und die Luft war angenehm kühl. James steckte die Hände in die Hosentasche und ging los.

„James! Was ist los? Ich hatte gedacht, du wärst inzwischen mit einer schönen Frau gegangen. Ich habe gesehen, wie du mit der Brünetten an der Bar gesprochen hast.“

Irgendetwas an Daniels Tonfall nervte ihn und er drehte sich zu ihm um. „Sie heißt Meg“, schnappte er ihn an. „Und ich habe nicht versucht, sie abzuschleppen, um mit ihr zu schlafen.“

„Wow. Okay, Alter.“ Daniel zögerte und war wegen des Verhaltens seines Freundes ein wenig vorsichtig. „Bist du okay? Was ist los?“

James holte tief Luft. Das war Daniel, einer seiner besten Freunde und engsten Vertrauten. Konnte er ihm nicht einfach sagen, was los war?

Aber irgendwie steckten die Worte in seiner Kehle fest, während sie zum Hotel gingen.

„Also, wie kommst du auf die Idee, mit einem Paar zu reden?“, fragte er stattdessen, um ihn abzulenken. „Der Sinn des heutigen Abends war, jemanden abzuschleppen.“

„Oh, sie führen eine offene Beziehung“, sagte Daniel und zuckte mit den Schultern. „Es wäre für beide völlig in Ordnung gewesen, wenn ich einen von ihnen mit ins Hotel genommen hätte. Oder beide“, fügte er grinsend hinzu.

„Mist, Alter. Tut mir leid, dass ich deinen Mojo ruiniert habe.“

Daniel zuckte erneut mit den Schultern. „Es ist okay. Wir hatten ein gutes Gespräch. Mehr wollte ich eigentlich nicht. Von beiden“, fügte er mit einem schelmischen Blick hinzu. „Ich möchte lieber wissen, was dich so aufregt.“

James holte tief Luft. „Erinnerst du dich an diese Zeit vor ungefähr vier Jahren, als ich für eine Weile von Zuhause weg war?“

„Oh, deine letzte große Odyssee durchs ganze Land? Ja, vage. Warum?“

„Also, als ich im östlichen Teil des Landes war, habe ich diese Frau in einer Bar getroffen.“

„So wie immer.“

„So wie immer, richtig. Sie war auf einer Junggesellenparty. Es war eine ganze Gruppe von … Wie auch immer, wir haben miteinander geschlafen, sie ist gegangen, bevor ich aufgewacht bin, das Übliche. Ich habe nicht viel darüber nachgedacht. Aber ich habe sie vorhin wiedergesehen.“

Daniel pfiff und fragte: „Ist sie hierhergezogen?“

„Nein, das ist das Verrückte an der Sache. Anscheinend wohnt sie hier. Sie hat ihr ganzes Leben hier gelebt und war nur zufällig zur selben Zeit im Osten des Landes, so wie ich. Wie hoch sind die Chancen auf so einen Zufall, nicht wahr?“

„Um ehrlich zu sein, bin ich mehr überrascht, dass du dich an sie erinnern konntest. Du hattest seitdem wie viele Hunderte von Frauen im Bett?“

„So schlimm bin ich aber nicht, oder?“, murmelte James und dachte kurz darüber nach, was Meg über ihn als Arschloch gesagt hatte. Vor einer Woche hätte er es als Kompliment aufgefasst. Aber jetzt …

„Warum kommt sie nicht mit dir ins Hotel zurück?“, wollte Daniel wissen. James seufzte.

„Sie ist sofort gegangen, nachdem sie mich gesehen hat. Ich habe ihrer Freundin meine Nummer gegeben, falls sie mich der alten Zeiten wegen anrufen will, aber, ach ich weiß nicht. Ich habe das Gefühl, sie war sauer auf mich oder so. Ich schätze, weil ich nie versucht habe, sie zu kontaktieren, sondern nur mit ihr geschlafen habe, um dann zu verschwinden. Aber eigentlich war sie diejenige, die mich in ihrem Hotelzimmer zurückgelassen hat.“

Daniel starrte ihn ernst an, als sie das Hotel erreichten. „James, wenn ich es nicht besser wüsste, würde ich denken, dass du diese Frau wirklich magst.“

„Ich meine, es ist nicht so, dass ich sie nicht mag. Wir hatten eine tolle Zeit zusammen. Es würde mir nichts ausmachen, sie wiederzusehen, denke ich.“ Gott, warum war es ihm so peinlich, das zuzugeben? War es das breite Grinsen, mit dem Daniel offenbar zu kämpfen hatte?

„Du magst sie! James, ich hätte nie gedacht, dass ich den Tag erleben …“

„Halt die Klappe!“

„Also, als ich dich neulich gefragt habe, ob es jemals jemand Besonderen gegeben hat …“

„Ich wünschte, ich hätte dir nie etwas darüber gesagt“, sagte James gereizt und ging die Treppe zu ihrem Stockwerk hinauf. Aber Daniel war ihm auf den Fersen, gackerte wie ein Verrückter und drohte, das ganze Hotel zu wecken. Die einzige Möglichkeit, ihn zu stoppen, bestand darin, seinem Freund die Tür seines Hotelzimmers vor der Nase zuzuschlagen. Er stapfte in unruhigen Kreisen durch den Raum und bekam fast einen Herzinfarkt, als sein Handy summte. Aber es war nur Daniel. Er knirschte frustriert mit den Zähnen. Das würde ihm eine Lehre sein, sich seinem Freund anzuvertrauen, vor allem, wenn der Typ betrunken war. Er wusste, dass er nicht so gemein zu ihm sein sollte, aber trotzdem.

Er legte sich auf das Bett und versuchte, sich zum Einschlafen zu zwingen, blieb aber hellwach. Seine Gedanken rasten und seine Gefühle waren völlig durcheinander. Der Frust und die Wut auf Daniel, Sorgen und Panik wegen Julia, das beunruhigende Gespräch, das er mit Meg geführt hatte, all das tobte in seinem immer noch halb betrunkenen Verstand und seine Gedanken fuhren Achterbahn, bis er sich so verloren und überwältigt fühlte, dass er aufrecht im Bett saß. Auf keinen Fall würde er heute Nacht einschlafen. Nicht so, wie er sich fühlte, und es gab nur eine Sache, die ihn jetzt beruhigen könnte.

Er sah ein wenig schuldbewusst auf die Uhr. Es war zwei Uhr morgens und dies war eine nette kleine Stadt in Küstennähe. Er sollte es schaffen, nicht gesehen zu werden, wenn er vorsichtig war. Er schickte Daniel eine Nachricht, mit der Bitte, ihn am Morgen aus dem Hotel auszuchecken und mit seinem Auto alleine zurückzufahren. Nach kurzem Zögern öffnete er die Tür und schlich sich den Flur entlang, um seine Schlüsselkarte unter Daniels Tür zu schieben. Dann ging er zum kleinen Balkon in sein Zimmer. Er blieb für eine Weile stehen und schaute über die Dächer, bevor er tief Luft holte und vom Balkon sprang.

Als er den höchsten Punkt seines Sprungs erreichte, war er nicht wiederzuerkennen. Er war schon immer der schnellste Gestaltwandler unter seinen Freunden gewesen. Seine Flügel breiteten sich stolz aus und er schlug hart mit ihnen, um schnell Richtung Himmel aufzusteigen. Es dauerte nicht lange, bis er in der dünnen Wolkendecke, die jetzt die Sterne verhüllte, verschwunden war. Er war ein fünf Meter großer Drache, mit melierten blauen Schuppen in der Farbe des Ozeans, die ihm auch half, sich an den Nachthimmel anzupassen. Er schlug mit den Flügeln und testete die Luft und den Wind. Dann spürte er, wie sich die Flossen seinen Gliedmaßen anpassten und ihn ausbalancierten, während er flog. Wasserdrachen waren fürs Schwimmen gebaut, aber sie waren auch ziemlich gut in der Luft, zumindest für kurze Strecken.

Als James noch jung war, war das Fliegen am helllichten Tag kein Problem. Damals gab es weniger Menschen und keine Handys oder Kameras. Selbst wenn sie damals jemand gesichtet hätte, wäre es kein Problem gewesen. Aber in diesem technologischen Zeitalter musste man vorsichtig sein. Das Letzte, was sie brauchten, war, dass ein gutes Foto von einem fliegenden Drachen viral ging. Wer die Menschen kannte, wusste, dass es jemanden geben würde, der aus ihrer Magie einen Profit herausschlagen wollte. Geheimhaltung war also eine ungeschriebene, aber zutiefst wertvolle Regel in der Gemeinschaft der Gestaltwandler. Natürlich erkannten sie sich gegenseitig, aber sie hielten es vor Menschen geheim, auch wenn das bedeutete, einen Feind damit zu schützen.

Aber es war einsam, nicht mehr so einfach die Gestalt wechseln zu können wie früher. James vermisste seine wahre, ursprüngliche Gestalt zutiefst und er verbrachte so viel Zeit wie möglich in ihr. Aber es gab immer mehr Aufgaben und Verantwortlichkeiten, die das Geschick seiner menschlichen Hände erforderten. Doch wenn er überwältigt, frustriert oder einsam war, wartete immer seine wahre Gestalt auf ihn.

Als er ein paar Meilen über dem Meer war, begann er, sich zu beruhigen. Er steuerte seinen Körper mit den Flügeln nach unten und tauchte tief in den Ozean ein. Seine Augen gewöhnten sich fast sofort an die Dunkelheit. Dort unten verlor er die Zeit aus den Augen, erforschte die ihm vertrauten Klippen und Schluchten des Meeresbodens vor der Küste und bewunderte den Abschnitt, wo er in den tiefen Ozean abfiel, in der Versuchung, tiefer und tiefer darin einzutauchen. Als er wieder an der Oberfläche war, stellte er zu seiner Überraschung fest, dass die Sonne bereits aufgegangen war.

Es war, als hätte die Sonne die Gedanken zurückgebracht, denen er zu entkommen versuchte. James seufzte und begann zu schwimmen. Er war nicht weit von der Halbinsel entfernt und es war an der Zeit, nach Hause zu gehen. Vor der Realität zu flüchten war schön und gut, aber er war erschöpft, außerdem wollte er sein Handy prüfen, um sicherzugehen, dass Daniel seine Nachricht erhalten hatte.

Er verwandelte sich auf dem vertrauten Sandstrand, der seinem Haus am nächsten war, in seinen menschlichen Körper zurück und fuhr sich mit den Händen durch die Haare. In seiner Tasche befand sich sein Handy. Er war froh, dass er den Trick beherrschte, seine Kleidung und den Inhalt seiner Taschen mit ihm zu verwandeln. Aber er hätte es beinahe fallen lassen, als er sah, dass eine Nachricht von einer ihm unbekannten Nummer auf ihn wartete.

„Hallo James. Ich bin es, Julia.“

Kapitel 6 - Julia

Sie schlief wie ein Stein. Bei all dem Chaos in der Nacht zuvor hatte sie vergessen, den Wecker zu stellen, aber das bedeutete nicht, dass sie nach drei Jahren des Mutterseins nicht um sechs Uhr morgens aufwachen würde. Julia setzte sich ein wenig desorientiert im Bett auf. Sie hatte in der Nacht zuvor genug Wasser getrunken, somit konnte man nicht von einem Hangover sprechen, aber ihre schmerzenden Füße und müden Augen deuteten an, dass ihr ein wenig mehr Schlaf nicht geschadet hätte. Leider war sie eine Frau, die, sobald sie wach war, *wirklich wach* war. Also stand sie auf und ging in die Küche, um sich einen Kaffee zu machen.

Sie fragte sich, ob es Riley gut ging. Zweifellos hatten er und ihre Mutter ein wildes Abenteuer erlebt, von dem sie jetzt wochenlang hören würde. Sie vermisste den kleinen Kerl, wenn er nicht in der Wohnung herumtollte, aber es war auch nett, einmal alleine am Esstisch sitzen zu können, an einem Kaffee zu nippen und die Ereignisse der Nacht zuvor in Ruhe zu verarbeiten. Die Ruhe hielt allerdings nicht lange an. Nach wenigen Minuten pochte ihr Herz erneut wie verrückt und Panik drohte sich einzuschleichen. Sie versuchte, sich auf den Geschmack des Kaffees und das Gefühl ihres Körpers zu konzentrieren. Es war nur eine zufällige Begegnung mit jemandem, das war alles. Jemand, den sie gekannt hatte. Jemand, der der Vater ihres Kindes war. Wenn sie noch irgendwelche Zweifel gehabt hätte, wären sie jetzt weg, nachdem sie in James blaue Augen geschaut hatte. Das Blau des Ozeans. Das gleiche Blau der Augen ihres Sohnes.

Sie war froh, dass sie James nichts von Riley erzählt hatte, so viel war sicher. Aber jetzt, wo sie ein wenig Abstand von der Situation und Zeit zum Nachdenken hatte, machte sie sich Sorgen, ob sie es vielleicht tun sollte. Hatte er nicht das Recht zu wissen, dass er ein Kind hatte? Was wäre, wenn er darüber nachdenken würde, selbst eine Familie zu gründen? Würde er dann nicht wissen wollen, dass er bereits ein Kind hatte? Nicht, dass er so aussah, als wäre er der Typ dazu. Sie biss sich auf die Lippen und fühlte, wie die Unsicherheit in ihrem Bauch nagte. Was, wenn er wütend wäre, dass sie ihm Rileys Existenz verschwiegen hatte? Was, wenn er, wie Meg gesagt hatte, versuchen würde, ihn ihr wegzunehmen?

Das konnte er nicht und sie wusste es. Meg würde sie vor Gericht vertreten und niemand auf diesem Planeten war hart genug, um sich mit Meg anzulegen. Aber trotzdem konnte sie es sich nicht leisten, sich und ihren Sohn in eine solche Sorgerechtsschlacht zu stürzen. Nein, sie musste es geheim halten. Zumindest für den Moment, bis sie ein bisschen mehr über James wusste. Vielleicht war er ja in Ordnung und man könnte ihm genug vertrauen, um ihm die Wahrheit zu sagen. Aber solange sie ihn nicht gut genug kannte, würde sie keine Entscheidung treffen, ob sie ihm von Riley erzählen sollte oder nicht.

Eines war sicher: Sie konnte nicht zulassen, dass er ihn sehen würde. Ein Blick in diese Augen und er würde sofort wissen, wer er war. Außerdem war sie immer ein wenig zurückhaltend, wenn es darum ging, Riley neuen Leuten vorzustellen. Sie mochte nicht, dass er sich an jemanden gewöhnen würde, der vielleicht nicht sehr lange Teil seines Lebens blieb. Aber sie könnte James kennenlernen. Und vielleicht in ein paar Monaten oder sogar Jahren, wenn er sich als würdig erwies, eine Beziehung zu Riley haben. Selbst, wenn es nur zwei Wochenenden im Monat waren, an denen er mit ihm am Strand Ball spielte … oder was auch immer Väter mit ihren Kindern machten.

Es war nicht so, als wäre sie eine Expertin, dachte sie mit einem verächtlichen Ausdruck auf ihrem Gesicht. Sie war ungefähr in Rileys Alter gewesen, als ihr eigener Vater das Haus verlassen hatte und nie wieder zurückgekehrt war. Ihre Mutter hatte ihr später erzählt, dass sie wusste, dass er unglücklich gewesen war und eigentlich gar keine Kinder und keine Ehe wollte, da er zu jung war. Aber diese ganzen intellektuellen Erklärungen hatten einer verstörten Dreijährigen nicht wirklich geholfen. Sie verstand einfach nicht, warum ihr Vater nicht mehr da war. Ein Teil dieses Traumas quälte sie heute noch, das wusste sie. Vielleicht hatte sie deshalb so ein schlechtes Bauchgefühl, als sie James wiedersah. Nicht, dass er sein Kind so zurückgelassen hätte, wie es ihr Vater getan hatte, jedenfalls nicht mit Absicht.

Bevor sie es noch mal überdenken konnte, holte sie tief Luft und griff nach ihrem Handy. Sie tippte eine kurze Nachricht, kaum mehr als ein Hallo, und schickte sie an die Nummer, die Meg ihr gegeben hatte. Sie quälte sich mit dem Gedanken, eine weitere Nachricht zu senden, aber bevor sie es tun konnte, summte zu ihrer Überraschung ihr Handy.

Wer zum Teufel rief sie so früh an? Es war sieben Uhr morgens. Sie kniff die Augen zusammen, als sie auf die Anruferkennung schaute. Das konnte doch nicht sein …

„Guten Morgen, mein braunäugiges Mädchen."

„Zach? Es ist sieben Uhr morgens. An einem Samstag."

„Oh, ist es das? Dann bin ich erst seit drei Stunden wach. Du weißt ja, wie meine Wochenenden sind. CrossFit um fünf, Muay Thai um sechs und jetzt fahre ich mit dem Fahrrad eine Runde. Du solltest irgendwann mit mir mitkommen. Bringt wirklich das Blut in Wallung, wenn du deinen Körper wie einen Tempel behandelst."

„Was willst du, Zach?" Seine Stimme war die letzte, die sie jetzt hören wollte. Sie hatte keinen Kater, aber sie spürte, dass er bedrohlich hinter ihren Augen saß, so, als hätte sie letzte Nacht dreimal so viel getrunken, als der Fall war.

„Was ist los? Du klingst so anders. Hält dich dieser kleine Teufel die ganze Nacht wach? Du solltest wirklich mehr schlafen, Jule. Es ist so wichtig für einen gesunden Körper. Vor allem, wenn du stillst."

Sie schüttelte sich. „Okay, erstens, Riley ist fast drei, ich stille nicht mehr, und selbst wenn, wäre es wirklich unangebracht, dass du es darüber sprichst."

„Stillen ist nichts, wofür man sich schämen muss! Es ist etwas Natürliches –"

„Und zweitens, warum rufst du mich so früh an einem Wochenende an?"

„Also", schmollte Zach, „ich wollte dir eine großartige Neuigkeit mitteilen, aber wenn du so bist, werde ich es wohl einfach für mich behalten."

„Ich lege jetzt auf, Zach."

„Wir gehen zur Konferenz! Erinnerst du dich, dass ich dir gesagt habe, ich würde versuchen, uns einen Tisch zu besorgen? Nun, ich habe gestern ein paar Anrufe getätigt, nachdem ich mit deinem Zeug fertig war. Gern geschehen! Ich habe eine Einladung erhalten. Noch mal gern geschehen! Was sagst du dazu?"

„Ich … das sind großartige Neuigkeiten", sagte sie schwach und versuchte sich zu erinnern, wovon er überhaupt sprach. Sie erinnerte sich vage daran, dass er es als hervorragende Gelegenheit zum Networking und sammeln von Spenden erwähnt hatte, aber warum erzählte er ihr davon? „Was hat Rowena gesagt?"

„Sie sagte, wir sollen unsere Koffer packen!"

„Wir?", fragte sie und eine schreckliche Gewissheit ergriff sie. „Ich gehe nicht."

„Natürlich gehst du! Du und ich! Das Dream-Team! Wir brauchen dort eine Frau", sagte er offen. „Sieht besser für das Unternehmen aus."

„Das Unternehmen wird von einer Frau geführt."

Genau, und wir wollen das demonstrieren, indem wir dich dabei haben. Es ist das übernächste Wochenende, vier Nächte ..."

Ihr rutschte das Herz in die Hose. „Zach, ich habe einen Sohn, ich kann nicht einfach auf eine Geschäftsreise gehen und ihn zurücklassen ..."

„Engagier einen Babysitter!"

„Es ist nicht so leicht! Zach, ich wünschte wirklich, du hättest mich gefragt ..."

„Schau mal, Jule, ich weiß, wie schwer deine Situation ist." Sein Unterton von vorgetäuschtem Verständnis brachte sie dazu, mit den Zähnen zu knirschen. „Deshalb möchte ich nicht, dass du deine Position in der Firma gefährdest. Zum Beispiel, indem du solche Gelegenheiten nicht nützt. Verstehst du, was ich sage?" Etwas Hässliches und Kaltes war nun in seiner Stimme und sie fühlte sich schrecklich. Ob es ihr gefiel oder nicht, Nein zu sagen würde eindeutig mehr Ärger bereiten, als einfach zuzustimmen und mitzumachen.

„Okay. Na gut. Ich werde etwas organisieren."

„Großartig! Und wie ich schon sagte, gern geschehen!"

Er legte auf, bevor sie darauf antworten konnte, und sie musste sich zusammenreißen, ihr Handy nicht frustriert durch den Raum zu schleudern. Dieser Typ war unmöglich. Um ihre Wut abzubauen, verbrachte sie die nächsten paar Stunden damit, die Küche zu putzen. Es änderte nichts an Zach, aber es gab ihr ein Gefühl von Ruhe und Kontrolle über ihre Umgebung, wenn die Küche makellos sauber war. Dann nahm sie ihre Schlüssel und machte sich auf den Weg zu ihrer Mutter, um Riley abzuholen.

Im Vorgarten fand sie beide völlig verschmutzt und glücklich im Blumenbeet grabend vor. Riley rannte, ein bisschen unsicher auf den Beinen, mit ungezügelter Begeisterung auf sie zu. Obwohl er von oben bis unten schmutzig war, nahm sie ihn in die Arme, und drückte ihn fest an sich. Sofort fühlte sie sich um einiges ruhiger als in den Tagen zuvor. Riley schaffte es immer, dass sie sich besser fühlte.

„Ich hätte nicht gedacht, dass wir dich hier so schnell sehen würden! Wie war deine Nacht?“, fragte ihre Mutter.

„Großartig“, sagte Julia und lächelte etwas abgelenkt. Sie wollte ihrer Mutter von James erzählen, aber wusste nicht, wie viel Riley davon verstehen würde. Er war so verschlagen, sie hatte den Verdacht, dass er viel mehr Wörter verstand, als er laut sprach. Also lächelte sie nur. „Meg und ich haben unsere Schuhe kaputt getanzt.“

„Ich liebe Meg“, sagte Jane lächelnd. „Hattest du Frühstück? Wir machen Erdbeerpfannkuchen, richtig, Riley?“

Er zeigte stolz auf einen kleinen Eimer, der neben dem Gartenbeet stand und voll mit frischen Erdbeeren war. Dann gingen sie ins Haus, um das Frühstück zu machen. Janes Küche war immer voll mit Essen. Frische Sachen, die gärten, Kuchen, die gerade abkühlten, sowie seltsame und exotische kulinarische Kompositionen. Wo immer man hinsah, herrschte absolutes Chaos. Julia saß in der Frühstücksecke und wartete darauf, dass die Pfannkuchen serviert wurden. Sie lächelte, als ihre Mutter in der Küche klapperte.

Dann überprüfte sie ihr Handy und ihr Herz überschlug sich.

„Hallo Julia. Es war toll, dich letzte Nacht zu sehen. Du siehst gut aus. Ich bin froh, dass wir in Kontakt sein können.“

Richtige Rechtschreibung und Grammatik, wie altmodisch. Sie lächelte und tippte schnell eine kurze Antwort.

„Auch schön, dich zu sehen. Es ist eine Weile her. Hast du gesagt, du wohnst in der Nähe?“

Ihr Handy summte sofort mit seiner Antwort.

„Ich lebe auf einer Halbinsel vor der Küste. In Luftlinie ziemlich nahe, aber mit dem Auto dauert es etwas. Ich kann nicht glauben, dass wir uns damals dort in der Ferne getroffen haben, wenn wir so nah aneinander leben!"

Sie lächelte vor sich hin, aber dann stellte ihre Mutter einen Teller mit dampfenden Pfannkuchen vor ihr ab und das Knurren in ihrem Magen erinnerte sie daran, dass sie an diesem Morgen nur Kaffee zum Frühstück hatte. Sie begannen zu essen und Riley genoss die Erdbeeren ganz besonders, die so süß und köstlich waren wie alles andere, was Jane in ihrem Garten anbaute.

„Ich wünschte, ich hätte deinen grünen Daumen", seufzte Julia und aß eine Erdbeere auf. „Und Platz zum Einpflanzen ..."

„Wenn wir hier mehr als ein Schlafzimmer hätten, mein Schatz, hätte ich euch beide blitzschnell hier", sagte Jane und streckte die Hand aus, um ihren Arm zu berühren.

„Ich weiß nicht, ob es eine gute Idee wäre, wieder zusammen zu leben, Mama. Erinnerst du dich, wie es war, bevor ich aufs College gegangen bin? Die Stimmung war ziemlich angespannt."

„Ach, Quatsch." Jane winkte ab. „Damals warst du ein Teenager. Du bist jetzt eine Frau. Wir würden gut miteinander auskommen."

Sie mochte recht haben, aber auf jeden Fall war das Haus kaum mehr als eine Küche und ein Esszimmer mit einem Schlafzimmer und einem Badezimmer als nachträglichem Anbau. Der Großteil des Grundstücks nahm Janes Garten ein, ohne Platz für eine Erweiterung des Hauses, selbst wenn einer der beiden das Geld gehabt hätte, um sie bauen zu lassen. Und Julia wollte nicht wieder bei ihrer Mutter wohnen. Sie wollte aber auch nicht unbedingt in ihrer Wohnung bleiben, mit all ihren rostigen alten Geräten, der schlechten Heizung und kaum Platz für mehr als zwei Topfpflanzen.

Sie tauschte den ganzen Tag mit James Nachrichten aus, während sie dazwischen ihre Besorgungen erledigte. Sie musste einkaufen gehen und Riley hatte einen Kontrolltermin bei seinem Doktor. Natürlich war auch ein Spaziergang im Park notwendig, um die lokale Flora und Fauna zu erforschen … oder besser gesagt eine Handvoll Körner auf die Enten zu werfen, was auch immer Riley gerade mehr interessierte. Das war Janes' Anweisung gewesen. Brot war anscheinend nicht gut für Enten, also warfen sie stattdessen Vogelfutter in den Teich. Sie saß für einen

Moment auf einer Parkbank und antwortete auf James' Nachrichten. Er antwortete immer schnell, aber die Pausen, die sie zwischen ihren Nachrichten ließ, schienen ihn nicht zu stören. Das war erfrischend. Ihr Ex hatte immer Psychospielchen mit seinen Antwortzeiten gespielt. Er würde sie dazu bringen, in dem Moment zu antworten, in dem er ihr eine Nachricht geschickt hatte, aber wenn er Stunden zwischen seinen Nachrichten verstreichen ließ, war es ihre Schuld, wenn sie ungeduldig wurde.

Am Ende eines anstrengenden, wenn auch produktiven Tages war sie völlig fertig. Als sie Riley endlich dazu gebracht hatte, sich ins Bett zu legen, wurde sie von ihrem summenden Handy überrascht. Sie ließ es immer auf Vibration, eben wegen Situationen wie dieser, in denen ein schläfriges Kleinkind durch den Klingelton aufgeweckt werden könnte. Sie zog es aus er Tasche und ihr Herz setzte einen Schlag aus. Es war James. Er rief sie an, um richtig miteinander zu sprechen. Plötzlich ergriff sie eine seltsame Schüchternheit. Sie hatten den ganzen Tag Nachrichten geschrieben, warum war sie jetzt so nervös, mit ihm zu reden?

„Hey", sagte sie nach einem kräfteraubenden Kampf gegen ihre Unsicherheit.

„Hey, du." Er hatte eine nette Stimme. Sie konnte sie in der Nacht zuvor im Klub kaum hören und jetzt wurde sie von der Telefonleitung verzerrt, aber sie war immer noch schön. Warm und klangvoll, so, wie wenn man Honig oder Sirup hören könnte. Aber er hatte einen seltsamen Akzent, nicht ganz den kalifornischen Slang, an den sie gewöhnt war, sondern etwas ganz anderes. „Wie geht's?"

„Ziemlich gut. War ein anstrengender Tag."

„Was hast du gemacht?"

Sie zögerte. Eigentlich hatte sie sich um ihr Kind gekümmert. Aber das war ein Wespennest, in das sie im Moment nicht stechen wollte. „Nur Besorgungen", sagte sie nach einer kurzen Pause. „Ich habe ein paar Einkäufe erledigt, dann kurz zum Arzt." Technisch gesehen war es nicht gelogen. Sie hatte nur nicht dazugesagt, mit wem sie beim Arzt war. „Und du?"

„Ich habe einfach nur zu Hause rumgehangen und mit einer Frau Nachrichten geschrieben." Es gab eine Pause. „Das bist du. Du bist die Frau."

„Oh! Richtig. Lustig!"

„Klang wohl lustiger in meinem Kopf." Sie konnte das Lächeln in seiner Stimme hören, nein, sie konnte es fast auf seinem hübschen Gesicht sehen. Sie stellte sich vor, wie er sich mit seiner Hand unschuldig durch dieses dicke, lockige, dunkle Haar fuhr, und schüttelte sich überrascht, wie schnell ihre Gedanken zu jener Nacht zurückkehrten, die sie vor all den Jahren zusammen verbracht hatten. „Hey, ich habe mich gefragt, ob du dich mal treffen möchtest."

„Ja? Für …"

„Für ein Date", erklärte er mit ruhiger Stimme. Sie spürte ein warmes Leuchten in ihrer Brust. Als ihr Ex sie zum ersten Mal gefragt hatte, haben sie zwei oder drei Mal rumgehangen, bevor er klar gemacht hatte, dass er ein romantisches Interesse an ihr hat. James war ganz direkt und nannte es ein Date. Nun, sie bewunderte sein Selbstvertrauen, zögerte jedoch und sah sich in ihrer Wohnung um, die voll mit Spielsachen war. „Ich habe an morgen gedacht, wenn dir das nicht zu früh ist."

„Morgen ist nicht gut", sagte sie automatisch und überlegte, ob sie Riley zu einem Date mitnehmen sollte. Dann fasste sie all ihren Mut. „Wie wäre es mit dem nächsten Wochenende? Freitagabend?" Das sollte ihr genug Zeit geben, um jemanden zu organisieren, der Riley für die Nacht nimmt.

„Freitag ist perfekt", sagte James und sie konnte die Freude in seiner Stimme hören. „Ich kann es kaum erwarten."

Sie unterhielten sich noch ein wenig, bevor sie auflegten. Sie starrte einen langen Moment auf ihr Handy und kämpfte gegen das übermächtige Lächeln an, das sich immer wieder auf ihrem Gesicht ausbreitete. Sie hatte ein Date. Wie lange war es her, dass sie ein Date hatte? Sicher, sie hatte ein paar Hintergedanken dabei, wie etwa herauszufinden, ob der Vater ihres Kindes gut genug war, um eine Rolle in seinem Leben zu spielen, aber bis jetzt sahen die Dinge ziemlich vielversprechend aus.

Aber andererseits hatte ihre Mutter das auch über ihren Vater gedacht. Julia ging ins Bett und fühlte sich etwas zwiegespalten. Sie musste einen kühlen Kopf bewahren und diesen Kerl kritisch bewerten und sicherstellen, dass sie eventuelle Warnzeichen bemerkte, wenn sie sich zeigten, um Rileys willen. Aber wie sollte sie objektiv bleiben, wenn ihr Magen jetzt schon voller Schmetterlinge war?

Kapitel 7 - James

James beendete den Anruf und sein Herz pochte, als wäre er gerade einen Marathon gelaufen. Es passierte wirklich. Er hatte sie gefragt. Er war mutig und hatte gesagt, was er wollte, und sie hatte Ja gesagt. Sie hatte zugestimmt. Ihre Stimme war ein bisschen zögerlich, was ihn zuerst beunruhigt hatte, aber letztendlich stimmte sie zu, nächsten Freitag mit ihm auf ein Date zu gehen. Das gab ihm sechs ganze Tage, um den Verstand zu verlieren. Fantastisch.

Er stürzte sich in die Arbeit. Was sonst könnte er tun, um die Zeit schneller verstreichen zu lassen? Er verbrachte die Tage damit, die Innenanstriche in allen neuen Cottages in Rekordzeit fertigzustellen. Selbst Lachlan war beeindruckt davon, wie schnell er arbeitete. Als es endlich Freitag war, hatte er es geschafft, nicht nervös zu werden, aber auch, überhaupt nicht viel über das Date nachzudenken. Im Laufe des Nachmittags ergriff ihn die Panik. Wohin sollte er mit ihr gehen? Was wollten sie überhaupt zusammen machen?

Sie schickten sich Nachrichten hin und her und er fragte sie schließlich, ob sie ihn in einem Restaurant in der Stadt treffen würde. Er nahm an, dass sie nicht wollte, dass er so schnell wusste, wo sie lebte. Obwohl sie sich vielleicht schon vor Jahren getroffen hatten, kannten sie sich schließlich erst etwa eine Woche. Er könnte alles Mögliche sein, einschließlich eines mystischen Wesens mit Schuppen, Reißzähnen und Krallen, dachte er und fühlte sich ein wenig schuldig dabei. Das war eine interessante Frage. An welchem Punkt in ihrer Beziehung sollte er ihr offenbaren, dass er ein Drache war? Wann hatten Lachlan und Bryce ihren Partnerinnen erzählt, was sie waren? Lachlans Freundin Serena hatte es die ganze Zeit gewusst, aber sie war selbst ein Wolf. Julia war menschlich, zumindest war er sich ziemlich sicher, dass sie es war, denn er konnte die Kraft von Gestaltwandlern in ihr weder sehen noch spüren. Bryces Partnerin Jasmine war auch menschlich, aber James würde nicht mit Bryce darüber sprechen können. Mit seinem unerbittlichen Spott über seinen Freund, sich mit jemanden niederzulassen, hatte er sich diese Chance vergrault. Und wieder fühlte er sich schuldig.

Es klopfte an der Tür. Er riss sich aus seinen Gedanken, um hinüberzugehen und sie zu öffnen. Alice stand mit einem neugierigen Ausdruck in ihren strahlend blauen Augen da. Seine Schwester. Sie wusste immer, was zu tun war, und auch, wie man ein Geheimnis bewahrte. Er musste mit jemandem über Julia sprechen oder er würde explodieren. Aber er wusste, dass er nicht mit Daniel darüber reden konnte. Nicht nach den Hänseleien, denen er letzte Woche ausgesetzt war. Und er war sich ziemlich sicher, dass sich der Rest der Jungs genauso auf seine Kosten amüsieren würde. Er wusste, dass es größtenteils seine eigene Schuld war, denn er war derjenige, der sich über die Vorstellung einer ernsthaften Beziehung mit einer Frau lustig gemacht hatte. Jetzt musste er die Suppe selber auslöffeln.

„Schönes Hemd“, kommentierte sie mit hochgezogener Augenbraue. „Gehst du aus?“

„Das ist der Plan“, sagte er und ging in die Küche, um den Wasserkocher für den Tee anzumachen. Er und Alice hatten ein Ritual.

„Also, wofür brauchst du mich?“, fragte Alice. In ihrer Stimme lag ein vorsichtiger Tonfall, den sie immer hatte, wenn sie über seine romantischen Aktivitäten sprachen. Es war kein Geheimnis, dass Alice die Art und Weise, wie er mit Frauen umging, nicht mochte. Sie fand diese ganzen One-Night-Stands ein wenig abstoßend. Nun, hoffentlich würde sie sich über den drastischen Richtungswechsel freuen, dass er ein zweites Mal mit ein und derselben Frau ausgehen würde. Aber wie sollte er das Gespräch beginnen? Er schenkte den Tee ein, runzelte die Stirn und konnte Alices neugierige Blick auf sich spüren.

„Bist du okay? Du siehst anders aus. Nervös oder so.“

„Bin ich auch irgendwie“, gab er zu. „Ich werde mich mit einer Frau treffen, die ich vor einiger Zeit kennengelernt habe.“

Alice hob die Augenbrauen. „So was wie ein Date?“

„Es ist ein Date", gab er zu und reichte ihr den Tee. Er spürte, wie seine Wangen anfingen zu brennen. Herrje, wie konnten Frauen über dieses Zeug sprechen, ohne dabei zusammenzubrechen?

„Ein Date. Mit einer Frau, die du vor einiger Zeit getroffen … und ich nehme an, auch mit ihr geschlafen hast."

Das tat ein wenig weh. Er machte eine Pause, bevor er antwortete. „Ich schlafe nicht mit jeder Frau, die ich treffe."

„Verstehe." Sie sah neugierig aus. „Okay. Du hast also nicht mit ihr geschlafen."

„Doch, habe ich", sagte er gereizt. „Aber ich bin mehr als nur ein sexbesessenes Monster, okay?"

„Glaubst du, ich weiß das nicht?" Alice neigte den Kopf und ein amüsiertes Lächeln erschien auf ihrem Gesicht. „Du bist mein Bruder, James. Ich weiß, dass du mehr als das bist. Du bist süß, nachdenklich, ehrgeizig, intensiv und leidenschaftlich …"

„Ja, ist schon gut", sagte er und wurde wegen der plötzlichen Komplimente verlegen. „Ich glaube, es gefällt mir besser, wenn du dich über mich lustig machst."

„Oh, darauf kommen wir zurück, keine Sorge", sagte sie mit einem fröhlichen Leuchten in ihren Augen. „Das ist eine neue Seite an dir, James, und ich mag sie."

„Ich war noch nie auf einem Date. Ich weiß nicht, was ich tun soll. Abendessen? Kino?"

„Kein Kino", sagte Alice bestimmt. „Dates sind dafür da, Leute kennenzulernen. Im Kino sitzt man im Dunkeln, schaut sich nicht an und widmet sich ganz anderen Dingen. Das Abendessen ist gut. Was mag sie?"

„Ich weiß es nicht. Sie hat ein Restaurant in der Stadt vorgeschlagen."

„Perfekt." Sie neigte nachdenklich den Kopf zur Seite. „Wer ist diese Frau? Wie heißt sie?"

„Julia", sagte er und verspürte einen unerwarteten Nervenkitzel, als er ihren Namen aussprach. „Wir haben uns vor ein paar Jahren getroffen, als ich an der Ostküste war. Sie war auf einer Junggesellenparty, aber es stellte sich heraus, dass sie hier in der Nähe wohnt. In Luftlinie gar nicht mal weit weg."

Alice blinzelte überrascht. „Ach, wirklich? Und du hast sie an der Ostküste getroffen. Was für ein Zufall."

James spannte sich ein wenig an. „Genau das dachte ich auch. Ich weiß es nicht. Es ist wirklich komisch. Normalerweise kann ich mich nicht an die Frauen erinnern, mit denen ich geschlafen habe."

„Charmant", murmelte Alice.

„Ich weiß, ich bin auch nicht gerade stolz darauf, aber es waren einfach zu viele, okay? Ich versuche dir gerade zu sagen, dass es bei ihr anders ist. Ich erinnere mich an sie. Ich habe fast jeden Tag an sie gedacht."

Alice starrte ihn an. „Kleiner Bruder, wenn ich es nicht besser wüsste, würde ich denken, dass du deine Meinung über Seelenverwandte überdacht hast."

„Was?" Er stotterte. „Nein. Definitiv nicht. Nein. Diese Frau, sie ist nur wirklich ..." Es gab nichts, was er sagen konnte, ohne es noch schlimmer zu machen. Alice hatte ein Grinsen wie eine Grinsekatze auf ihrem Gesicht. Er streckte die Hand aus, um ihre Haare zu zerzausen, woraufhin sie ihn in den Arm boxte, was das Gleichgewicht zwischen den Geschwistern wiederherstellte. James holte tief Luft. „Ich weiß es nicht. Ich weiß nur, dass ich sie mag. Und ich denke, sie mag mich."

„Und du bist total überfordert, weil sich deine berühmten romantischen Fähigkeiten darauf beschränken, Frauen so schnell wie möglich ins Bett zu bekommen, ohne darüber nachzudenken, was danach passiert."

„Schon gut. Willst du das hören? Ja, ich habe keine Ahnung, was ich bei einem Date machen soll."

„Rede einfach mit ihr", sagte Alice und zuckte mit den Schultern. „Hast du ernsthaft noch nie einen Film gesehen? Rede mit ihr. Stelle ihr Fragen über ihr Leben, ihre Familie, lernt euch kennen. Erzähl ihr von dir."

Ihm wurde mulmig. „Ja. Wenn wir schon dabei sind. Sie ist ein Mensch."

Aber Alice zuckte nur erneut mit den Schultern. „Das ist okay. Lass das Drachenzeug für eine Weile weg."

„Ja? Ist es wirklich so einfach?"

„Es war einfach für Bryce und Jasmine. Wir sind keine Einsiedler mehr, Kumpel." Alice lächelte ihn an. „Es ist nicht komplett unvorstellbar, einem Menschen zu sagen, was wir sind. Und wenn sie deine Seelenverwandte ist … wenn“, betonte sie, als sie seinen Gesichtsausdruck sah, „dann wird sie damit umgehen können.“

„Aber ist es nicht irgendwie falsch? Sie bei etwas so Wichtigem anzulügen?“

„Man holt beim ersten Date nicht alle Leichen aus dem Keller. Sie wird verstehen, wenn du dir damit Zeit lässt, es ihr zu erzählen. Ich wette, sie hat selbst ein paar Geheimnisse, die sie nicht gleich ausspucken wird.“ Alice grinste ihn an, trank ihren Tee aus und stand auf. „Du solltest besser gehen. Es ist nicht gut, zu spät zu einem Date zu kommen. Sei einfach du selbst. Du musst keine Spiele mehr spielen, okay? Du bist toll und sie wird es erkennen.“

„Danke, Alice“, sagte er leise. „Seltsamerweise habe ich das gebraucht.“

„Jederzeit. Ich mag diese neue Seite an dir“, sagte Alice und zwinkerte ihm zu. „Ich wette, Julia wird sie auch mögen.“

Auf der Fahrt in die Stadt war er immer noch ein wenig nervös, aber das Gespräch mit Alice hatte ihm wirklich geholfen, seine Nerven zu beruhigen. Als er in der Stadt ankam, hatte er noch etwas Zeit übrig. Es war noch hell und ein weiterer langer, schöner kalifornischer Abend stand bevor. Er nahm sich Zeit, einen guten Platz im Restaurant zu finden, das Julia vorgeschlagen hatte. Es war ein fröhlicher kleiner Ort. Er sah ein paar Familien, die auf Speisekarten schauten, lachten und redeten, während ihre Kinder fröhlich quietschten und spielten. Ein bestimmtes Paar zog seinen Blick auf sich. Es war ein Mann und eine Frau mit einem blonden Baby, das auf einem Hochstuhl neben dem Tisch saß. Beide fütterten das Kind abwechselnd, während sie leise miteinander sprachen. Es war so viel Liebe in ihren Augen, als sie sich und ihr Baby ansahen, das die Augen seines Vaters und das Lächeln seiner Mutter hatte. James musste sich von dem Anblick abwenden. In seiner Brust war ein seltsames Gefühl. Er war noch nie neidisch gewesen, wenn er eine Familie gesehen hatte. Gott, was geschah nur mit ihm?

Es dauerte nicht lange, bis Julia ankam. Als er sie sah, lächelte er sie an. Sie war einfach gekleidet und trug eine Jeans mit einer blumengemusterten Bluse, die ihren langen, eleganten Hals zur Geltung brachte. Sie hatte im Klub viel mehr Make-up getragen und es war schön, eine natürlichere Seite von ihr zu sehen. Sie gesellte sich zu ihm an den

Tisch, den er ausgesucht hatte, ließ ihre Handtasche auf den Sitz neben sich fallen und lächelte ihn an. Für einen Moment hatte er absolut keine Ahnung, was er sagen sollte, aber dann fragte sie, wie seine Woche gewesen war, und bald unterhielten sie sich wie alte Freunde. Es war erstaunlich, wie wohl er sich fühlte. Wenn er mit Frauen redete, fühlte er sich normalerweise wie bei einem Tennismatch. Es war eine Art von Wettbewerbsspannung darin, wobei man ständig ihren Ton und ihre Körpersprache las, um den größtmöglichen Vorteil zu erzielen. Aber Alices Rat hatte sich in seinem Kopf festgesetzt. Sprich einfach mit ihr und lerne sie kennen.

„Es ist nur ein Bürojob", erklärte sie, als er fragte, was sie beruflich machte. „Es ist nicht genau das, was ich gerne tun möchte, aber es ist ein fester Job und ich arbeite für ein Unternehmen, das versucht, Gutes zu tun, also ist es in Ordnung."

„Was möchtest du denn gerne stattdessen tun?"

Sie seufzte und schaute auf ihr Essen, in dem sie herumstocherte. „Ehrlich gesagt, ich wünschte, ich könnte mir die Hände schmutzig machen. Ich habe Umweltwissenschaften studiert und möchte Forschung vor Ort betreiben und den Klimawandel an vorderster Front bekämpfen. Ich finde es toll, dass mein Unternehmen ständig daran arbeitet, Spenden für diese Art von Arbeit zu sammeln. Ich weiß nur, dass ich glücklicher wäre, wenn ich diese Arbeit auch tatsächlich tun würde."

„Warum machst du es dann nicht?" Er beugte sich nach vorne und runzelte die Stirn. „Was hält dich zurück?"

„Geld", lachte sie, aber er konnte eine merkwürdige Zurückhaltung in ihrem Gesicht erkennen. „Ich habe eine Verantwortung. Sie muss zumindest vorerst meine Priorität sein."

„Welche Art von Verantwortung?"

„Entschuldige mich für eine Minute." Sie stand auf und ging, etwas schneller, als es notwendig gewesen wäre, in Richtung WC. James sah ihr mit gerunzelter Stirn hinterher. War er zu neugierig gewesen? Er dachte an das, was Alice gesagt hatte, und daran, nicht alle Geheimnisse beim ersten Date preiszugeben. Er wollte sie nicht unter Druck setzen, ihm etwas zu erzählen, was sie nicht wollte. Aber er konnte nicht anders, als neugierig zu sein. Was hielt sie an einem Job fest, den sie nicht liebte?

Doch seine Neugier blieb auf der Strecke, als Julia zum Tisch zurückkehrte. Er konnte sofort erkennen, dass etwas nicht stimmte. Ihr

Gesicht war verschlossen und zeigte ein seltsames falsches Lächeln, das sie wie eine Maske trug. Hinter ihr stand ein großer Mann mit breiten Schultern und blondem Haar. Er hatte genug eifersüchtige Freunde und potenzielle Konkurrenten gesehen, um zu wissen, dass er gerade von dem Mann gemustert wurde. Aber James tat so, als würde er es nicht bemerken.

„James, das ist Zach“, sagte Julia mit einer erzwungenen Freundlichkeit in ihrer Stimme. „Wir arbeiten zusammen. Zach, das ist James, ein alter Freund.“

„Woher kennt ihr euch?“, fragte der blonde Mann und griff nach James’ Hand. Er konnte fühlen, wie der Typ versuchte, seine Hand mit seinem Griff zu quetschen, aber jahrzehntelanges Arbeiten am Bau sowie seine eigene natürliche Stärke machten dies zu einer schwierigen Aufgabe. Er schenkte Zach sein ungezwungenes Lächeln und verspürte ein Gefühl der Befriedigung über die Frustration in den dunklen Augen des Mannes.

„Wir haben uns vor einigen Jahren an der Ostküste kennengelernt. Es ist verrückt, dass wir uns jetzt wieder getroffen haben.“

„Wir wollten gerade gehen“, sagte Julia scharf und warf James einen kurzen Blick zu. Er nickte, stand auf und spielte mit.

„Schön, dich kennenzulernen, Zach“, sagte er freundlich und legte dann, ein wenig gewagt, seinen Arm um Julias Schultern, als er sie wegführte. Er konnte an ihrer Körpersprache erkennen, dass es der richtige Schritt war. Sie lehnte sich an seine Seite und war eindeutig dankbar für die physische Barriere zwischen ihr und Zach. Er bezahlte ihre Mahlzeiten und Julia versuchte zu protestieren, aber er war schneller mit seiner Kreditkarte als sie. Dann schritten sie aus dem Restaurant in die kühle Nachtluft und er konnte Zacks Blick in seinem Rücken fühlen, als sie gingen.

„Tut mir leid“, seufzte Julia, als sie ein Stück vom Restaurant entfernt waren. „Ich arbeite mit Zach. Er ist ein bisschen unheimlich.“

„Wie unheimlich?“, fragte James ein wenig zornig. Sie lächelte und war offensichtlich von seinem Beschützerinstinkt ein wenig amüsiert.

„Er hat körperlich nie eine Grenze überschritten, aber er ist superbesitzergreifend und gruselig, wenn es um unsere Arbeitsbeziehung geht.“ Sie grinste ein wenig. „Ich dachte, er würde ein Aneurysma bekommen, als ich ihm gesagt habe, dass ich gerade auf einem Date bin.

Er ist einer dieser Männer, die nicht damit umgehen können, wenn Frauen nicht auf ihn stehen.“

„Muss hart sein“, sagte James hochtrabend. „Ich kann da nicht mitreden. Ich habe noch nie eine Frau getroffen, die mich nicht wollte.“

Sie kicherte. „Du hast Meg letzte Woche getroffen.“

„Richtig. Verdammt.“ Er tat enttäuscht, während sein Herz sich in seiner Brust fast überschlug. Sie stand sehr nahe bei ihm. Aus irgendeinem Grund waren sie beide auf halbem Weg den Bürgersteig entlang gleichzeitig stehen geblieben. „Gut, dass Mag nicht diejenige war, die ich wollte“, sagte er leise und bevor er darüber nachdenken konnte, beugte er sich vor, um sie zu küssen.

Kapitel 8 - Julia

Dies könnte das beste Date gewesen sein, auf dem sie jemals war. In James' Gesellschaft zu sein, empfand Julia, trotz ihrer Nervosität, als überraschend angenehm. Sie musste sich immer wieder daran erinnern, dass sie diesen Mann kaum kannte, als sie im Restaurant saßen und umgeben von Familien und Freunden redeten, die lachten und sich unterhielten. Es fühlte sich an, als würde sie ein Gespräch mit einem alten Freund wiederaufnehmen. Sie interessierte sich sehr dafür, was er ihr über seinen Wohnort erzählte. Die unberührte natürliche Schönheit des Ortes und das Ökotourismus-Unternehmen, das sie gerade gründeten. Aber anders als ihr Ex vom College dominierte James das Gespräch nicht und wandte sich immer wieder mit Fragen über ihr Leben an sie, was sie arbeitete, wie sie über gewisse Dinge dachte und was sie wollte. Drei Jahre lang hatte sie das Gefühl, nichts anderes zu sein als eine Mutter, die in einem Büro arbeitete. Doch es war etwas an James vorsichtigen, aufrichtigem Interesse an ihr, das sie zum ersten Mal seit Jahren denken ließ, mehr als das zu sein.

Dann fragte er sie, was sie daran hinderte, den Job, den sie so langweilig fand, zu wechseln, und für eine Sekunde war sie kurz davor gewesen, ihm von Riley zu erzählen. Sie wollte es für sich behalten, aber es würde sicherlich nicht schaden zu erwähnen, dass sie ein Kind hatte, oder? Die Frage, wessen Kind es war, würde sich sicher irgendwann stellen, aber sie fühlte sich wirklich wohl mit ihm. Sie rannte ins Badezimmer, um sich die Hände zu waschen. Dann starrte sie in den Spiegel.

„Reiß dich zusammen, Julia", sagte sie sich leise. „Er ist ein netter Kerl, das heißt aber nicht, dass du ihm gleich deine gesamte Lebensgeschichte erzählen sollst."

Auf dem Rückweg zu ihrem Tisch sorgte eine weitere unangenehme Ablenkung dafür, dass das Thema Riley nicht zur Sprache kam. Zach. Er musste mit einem Freund oder einem Klienten zu Abend gegessen haben und bestand fast darauf, ihr Date zu treffen. Aber James handhabte es mit Gelassenheit und es machte ihr nichts aus, zuzugeben, dass ihr ganzer Körper kribbelte, als er seinen Arm um sie legte. Sie spürte, wie ihr Herz schneller und schneller schlug, als sie zusammen den Bürgersteig entlang gingen. Die Sterne leuchteten über ihnen und die Hitze zwischen ihren Körpern schlug die Wärme des typisch kalifornischen Abends. Als er sich vorbeugte, um sie zu küssen, war es das Natürlichste auf der Welt, seinen Kuss zu erwidern.

Sie war von der Leidenschaft ein wenig überwältigt, die zwischen ihnen aufflammte, und nach seinem Blick nach zu urteilen, den er in seinen Augen hatte, als er sich ein paar Minuten später von ihr löste, war auch er überrascht. Es war ein Schock. Sie spürte, wie ihr Herz wild pochte und ihr Atem schneller wurde, aber gleichzeitig war etwas Vertrautes daran. Etwas, das sie vor all den Jahren in dieses Hotelzimmer gebracht hatte, wo sie sich mit Entschlossenheit aufeinander gestürzt hatten, dass sie fast das Zimmer zerlegten.

Sie wollte das noch einmal. Und so, wie er sie ansah, er auch. Aber sie konnte auch sehen, dass er es nicht vorschlagen würde. Er wollte offensichtlich nicht, dass sie sich unwohl fühlte. Also lehnte sie sich nach vorne zu ihm, schlang ihre Hände um seine Handgelenke und verspürte angesichts der Hitze seines Körpers und seines Geruchs einen Schwindelanfall. Es war sein Parfüm und noch etwas anderes, etwas Erdiges, Urtümliches und sehr Reales.

„Willst du irgendwo hingehen?"

Er räusperte sich und sie konnte die Sehnsucht in seinen Augen sehen. „Ja. Auf jeden Fall." Er hob eine Augenbraue. „Zu meinem Haus ist es eine ziemlich lange Autofahrt. Fahren wir zu dir?"

Sie zögerte und dachte an ihre Wohnung. Spielzeug lag über den gesamten Wohnzimmerboden verstreut, ein Hochstuhl stand in der Küche, Babyspielzeug in der Badewanne und ein Töpfchen im Badezimmer. Nein, ihre Wohnung war definitiv keine Option. Nicht, wenn sie bei diesem ersten Date das Gespräch über ihr Kind vermeiden wollte. Gott, sie würde beim ersten Date mit ihm schlafen. Ihr wurde schwindelig. Sollte sie Nein sagen und es bis zum nächsten Mal aufschieben? Doch ihr Körper wollte ihn haben. Es war so lange her, dass sie sich etwas genommen hatte, das sie haben wollte. Sie streckte ihre Hand nach ihm aus und küsste ihn erneut, dieses Mal leidenschaftlicher als zuvor. Dann grub sie ihre Hände in sein dunkles, lockiges Haar, so wie sie es vor all den Jahren im Hotelzimmer getan hatte.

Als ob er ihre Gedanken gelesen hätte, löste er sich von ihr und warf ihr einen nachdenklichen Blick zu. „Es gibt ein hübsches Hotel, ganz in der Nähe."

„Perfekt", hauchte sie.

Sie schafften es fast nicht, zu dem Hotel zu fahren. Sobald sie in seinem Auto saßen, stürzten sie sich aufeinander und ihre Hände wanderten trotz der Hindernisse wie der Sicherheitsgurte und des Lenkrads über ihre Körper. Erst als James sich versehentlich auf die Hupe lehnte und sie beide erschreckte, machten sie sich auf den Weg. Beide waren völlig außer Atem und lachten. Er hielt sich genau an das Tempolimit, was sie amüsierte, aber es dauerte nicht lange, bis sie aus dem Auto sprangen und beinahe in das schöne Hotel, an dem sie schon einige Male vorbeigefahren war, hineinrannten. Der Concierge war ein Mann etwa Ende fünfzig und hatte funkelnde Augen. Er zwinkerte den beiden zu, als er sie viel schneller als erwartet eincheckte. Dann waren sie schon im Aufzug und James drückte sie gegen die Wand und küsste sie leidenschaftlich, bis sich die Türen öffneten und sie fast den Flur entlang zu ihrem Zimmer liefen.

Es war genau wie in dem Raum, den sie vor all den Jahren hatte. Ein riesiges Kingsize-Bett, bedeckt mit Kissen, und als sie ins Badezimmer schaute, eine große Whirlpool-Badewanne. Aber sie hatte nicht viel Gelegenheit, sich noch mehr umzusehen. James war wieder bei ihr und zum ersten Mal bekam sie ein Gefühl dafür, wie stark er wirklich war, als er sie so mühelos vom Boden hob, als würde sie weniger als eine Feder wiegen, und sie zum Bett trug.

Sie war froh, dass sie sich für Jeans und eine Bluse entschieden hatte, denn es war viel einfacher, die Bluse mit einer schnellen Bewegung über den Kopf zu ziehen, bevor sie sich daran machte, sein Hemd aufzuknöpfen, um seinen absurd perfekten Körperbau zu enthüllen. Sie blickte zu ihm auf und streckte eine Hand aus, um mit ihren Fingerspitzen über seinen muskulösen Bauch zu gleiten. Sie spürte die Konturen seines Sixpacks, der von seiner wunderschönen bronzefarbenen Haut bedeckt war. Das war der Körper eines Mannes, der täglich körperlich arbeitete. Nach allem, was er ihr erzählt hatte, verbrachte er einen Großteil seines Tages damit, Baumaterialien zu heben und tragen. Für einen Moment stellte sie sich ihn mit einem Schutzhelm und nicht viel mehr als einem riesigen Holzbrett über einer Schulter vor.

„An was denkst du?"

„An dich, nackt auf einer Baustelle", flüsterte sie und war zu überwältigt, um sich überhaupt die Mühe zu machen, zu lügen. Er lachte und drückte heiße Küsse auf ihren Hals.

„Klingt nicht sehr sicher", murmelte er in ihr Ohr. Seine Stimme jagte ihr einen Blitz über den Rücken, der bis in ihren Bauch vordrang.

„Nun, ich liebe die Gefahr."

„Wirklich?" Seine Hände legten sich um ihre Handgelenke und drückten sie auf das Bett. Sie keuchte, wehrte sich nur ein wenig gegen seinen Griff und fühlte, wie sie seine Kraft und die Art, wie er sie hielt, erregte. Als er sein Gesicht senkte, um sie wieder zu küssen, grinste er frech. Seine Lippen wanderten über ihren Oberkörper, knabberten an ihren Schlüsselbeinen und sie stöhnte bei dem Gefühl seines Atems auf ihrer Brust durch den Spitzen-BH, den er ihr immer noch nicht vom Körper gerissen hatte. Sie wimmerte und wandte sich ungeduldig in seinem Griff, als er ihre empfindlichen Nippel durch den Stoff saugte.

„Lass mich los", sagte sie ungeduldig und zog an ihren Handgelenken, aber er konnte an der Art, wie sie atmete, erkennen, dass sie es nicht ernst meinte. Er verstärkte seine Bemühungen und küsste ihren Körper, bis sie unter ihm keuchte und sich krümmte. Als sie schließlich dachte, sie müsste gleich schreien, wenn er sie noch mehr reizte, ließ er ihre Handgelenke los und sie nutzte die Gelegenheit, um ihre Positionen zu tauschen. Sie setzte sich auf ihn und atmete schnell, während sie auf den Mann blickte, der jetzt unter ihr lag. Er legte die Arme hinter den Kopf und war mit diesem frechen Grinsen, das immer noch auf seinem hübschen Gesicht war, ein Bild von Gelassenheit. Er glaubte die Oberhand zu haben, oder? Nun, sie würde ihm zeigen, ob es tatsächlich so war.

Julia öffnete mit einem Ruck seine Jeans und entlockte ihm damit ein überraschtes Geräusch, aber sie war noch nicht fertig, sondern schälte sie von seinen kräftigen Beinen. Gott, gab es irgendeinen Teil von ihm, der nicht mit Muskeln bepackt war? Vielleicht seine Ohrläppchen? Sie fuhr mit ihren Händen über seine Schenkel und spürte, wie er seinen Rücken krümmte, als ihre Fingerspitzen fast seine Männlichkeit berührten. Doch sie glitt stattdessen an seinen Hüften entlang und über das tiefe Muskel-V, das hinter dem Bund seiner Boxershorts verschwand. Ganz langsam zog sie seine Boxershorts runter, bis er vor Ungeduld fast wimmerte. Sie konnte die Wärme seiner Männlichkeit durch das dünne Gewebe spüren. Schließlich zog sie seine Shorts komplett hinunter und befreite ihn.

Sie hielt für einen Moment inne und spürte seine ozeanblauen Augen auf ihr. Sein Blick bohrte sich in sie, aber er wartete geduldig darauf, dass sie den ersten Schritt machte. Sie grinste und streckte die Hand aus, um seinen Schwanz zu streicheln. Er pulsierte in ihrem Griff und James warf seinen Kopf zurück in die Kissen und stöhnte. Es war wahrscheinlich das Heißeste, was sie jemals gesehen hatte. Es fühlte sich so gut an, sich Zeit zu lassen. So unvergesslich ihre gemeinsame Nacht an der Ostküste auch gewesen war, aber sie waren beide halb betrunken und so stürmisch in ihren Liebesspielen, als ob jemand sie jederzeit hätte zwingen können, damit aufzuhören. Heute hatten sie die ganze Nacht vor sich. Keiner von ihnen war betrunken und sie musste ihren Sohn nicht vor morgen Mittag von Meg abholen. Und alles, was sie wollte, war den Rest der Nacht und vielleicht auch einen Teil des Morgens damit zu verbringen, ihm diese Geräusche zu entlocken.

Aber es dauerte nicht lange, bis seine Ungeduld zu groß wurde. Sie hatte ihn ein paarmal zum Stöhnen und bis kurz vor den Höhepunkt gebracht, nur um ihn dann wieder zurückzuholen. Er setzte sich auf und schnappte sie mit einer unwiderstehlichen Kraft. Als er sie herumwirbelte und sie auf das Bett unter ihm drückte, musste sie kichern. Die Laken waren mittlerweile völlig zerknittert. Er zog ihr den BH und ihr Höschen mit ein paar schnellen, geschickten Bewegungen aus.

„Du hast das schon mal gemacht“, neckte sie ihn und spürte ihre Erregung steigen, als er besitzergreifend auf ihren nackten Körper blickte. Seltsam, sie hatte gedacht, dass sie sich in Gegenwart eines Mannes unsicher wegen ihres Körpers fühlen würde, was ein Grund war, warum sie seit Rileys Geburt mit niemandem mehr zusammen war. Sie hatte sich seitdem einfach nicht mehr danach gefühlt. Aber mit der Art, wie James sie ansah, fühlte sie sich wie die heißeste Frau auf der Welt, trotz Dehnungsstreifen und so.

Dann war plötzlich sein Mund auf ihr. Seine Hände drückten ihre Schenkel auseinander und sein Mund war auf ihrem Geschlecht. Als sie das überwältigende Gefühl seiner Zunge in ihr spürte, die ihre empfindlichsten, intimsten Stellen streichelte, musste sie einen Schrei unterdrücken. Und bevor sie wusste, was passierte, war sie überwältigt. Sie warf ihren Kopf zurück auf das Kissen und ihre Hände gruben sich in sein dunkles, lockiges Haar, als sie ihn tiefer in ihren Körper drängte. Seine Zunge und seine Lippen arbeiteten daran, ein Beben nach dem anderen in ihrem Körper auszulösen. Schockiert spürte sie, wie sich ihr Höhepunkt in Rekordzeit näherte. Selbst wenn sie sich mit ihr selber spielte, dauerte es normalerweise eine Weile, aber etwas an James hatte diesen Zeitraum erheblich verkürzt. Es war fast so, als hätte das Vorspiel bereits vor einer Woche begonnen, als sie sich im Klub wieder getroffen hatten, und hätten seitdem auf diesen unvermeidlichen Punkt hingearbeitet. Kein Wunder, dass er sie so schnell so nahe an den Orgasmus brachte.

Aber er würde es ihr nicht so einfach machen. Gerade als sie sich dem Punkt näherte, fühlte sie, wie er sich von ihr löste, und stöhnte frustriert auf. Ohne seinen Mund zwischen ihren Beinen fühlte sie sich beraubt. Sie musste jedoch nicht lange warten, denn sie hörte das Knistern einer Kondomverpackung. Er war so geschickt und geübt damit wie bei allem anderen und positionierte sich vor ihrer Öffnung. Sie konnte sehen, wie sein Körper zitterte, und wusste, dass auch ihr eigener Körper sich verzweifelt krümmte und jedes Fünkchen ihres Verstandes auf genau eine Sache reduziert war. Sie wollte ihn. Wollte es. Brauchte es. Dann richtete er seine ozeanblauen Augen auf ihre und drang in sie ein.

Sie schrie fast, aber schaffte es, den Impuls zu unterdrücken und ihn durch animalisches Stöhnen zu ersetzen, das in dem Geräusch nachklang, das er machte, als er sich in ihr vergrub. Sie wiegte die Hüften, um ihm entgegenzukommen, und war erfreut darüber, wie vertraut er sich anfühlte. Genau so war es damals im Hotel gewesen. Sie passten einfach perfekt zusammen, so, als wären sie aufeinander abgestimmt. Er beschleunigte seinen Rhythmus und seine kräftigen Hüften stießen immer wieder in sie hinein. Jeder Stoß traf etwas in ihr, das sich anfühlte, als würde ein Feuer außer Kontrolle geraten. Bevor sie es merkte, klammerte sie sich an seine Schultern. Ihre Beine waren um seinen Rücken geschlungen und jeder Muskel in ihrem Körper bemühte sich, ihn mehr in sich hinein zu ziehen, noch mehr von ihm und diesem Gefühl zu bekommen. Das Feuer in ihrem Bauch hatte sich ausgebreitet, um ihren gesamten Körper zu füllen, und als ihr Höhepunkt über sie hereinbrach, spürte sie ihn bis in die Spitzen ihrer Finger und Zehen.

Er ließ ihr keinen großen Vorsprung. Seine Bewegungen wurden unregelmäßiger, als er näher und näher kam, und das Geräusch, das er machte, als er sich in ihr kam, war absolut berauschend. Die Anspannung seines Körpers ließ nach. Er legte sich neben sie und zog sie mit einer Bewegung, die sich anfühlte, als hätten er sie tausendmal zuvor geübt, in seine Arme. Obwohl sie vorhatte, die ganze Nacht wach zu bleiben, war das Gefühl der Zufriedenheit in ihrem Körper so überwältigend, dass es nicht lange dauerte, bis sie beide in einem tiefen Schlaf sanken.

Licht drang durch das Hotelfenster und weckte sie auf. Sie regte sich müde, fühlte den ungewohnten Körper an ihrem und erinnerte sich an die Nacht zurück. Entzückt von der Wärme seiner Haut und dem stetigen Auf und Ab seines Atmens, lächelte sie, noch bevor sie ihre Augen öffnete. Was für ein absolut perfektes erstes Date es war … und was für ein fantastischer Weg, es ausklingen zu lassen.

Dann vibrierte ihr Handy auf dem Nachttisch. Sie griff danach und zuckte bei der Warnung, dass ihr Akku fast leer war, zusammen. Nun, sie hatte nicht viel Zeit gehabt, um es anzuschließen. Zu ihrem Schock war es bereits weit nach elf. James bewegte sich ebenfalls, gähnte und streckte sich müde im Morgenlicht. Er sah auch jetzt wie eine Statue eines griechischen Gottes aus und sie musste sich überwinden, ihre Augen von seinem Körper abzuwenden, um auf ihr Handy zu schauen.

„Was ist los?“

Sie seufzte und spürte, wie sich ihre Stirn runzelte. „Ich muss gehen.“

Er gab ein Geräusch des Protests von sich und streckte die Hand aus, um sie wieder in seine Arme zu ziehen. Sie kicherte, gab einen Moment nach und fühlte, wie ihr Körper wieder anfing, auf seine Berührung zu reagieren. Gott, sie hatten eine so explosive Chemie. Wie war sie nur drei Jahre lang ohne das ausgekommen? „James, ich muss los.“

„Bist du sicher? Es ist Samstag. Wir könnten den Tag zusammen verbringen und zum Strand gehen.“

Julia seufzte und ihr Herz verkrampfte sich. „Glaub mir, das würde ich gerne. Aber ich habe meiner Freundin versprochen, ihr bei etwas zu helfen.“ Das war definitiv eine viel größere Lüge, als ihr lieb war, aber wie sollte sie ihm sonst erklären, dass sie ihren Sohn vor Mittag bei Meg abholen musste? Sie stand widerwillig auf und begann sich anzuziehen, ohne zu bemerken, dass James ozeanblaue Augen jede ihrer Bewegungen beobachteten. Als sie schüchtern über ihre Schulter blickte, grinste er.

„Letzte Nacht war unglaublich“, sagte er und sie wurde rot.

„Das stimmt“, sagte sie leise.

„Ich würde dich gerne wiedersehen.“ Sein Blick war immer noch auf ihr und Julia spürte wieder Schmetterlinge in ihrem Bauch, als sie grinste und ihren Kopf senkte.

„Ich auch. Nächstes Wochenende? Warte. Mist.“ Sie runzelte die Stirn und ließ ihr Handy in ihre Handtasche fallen, während sie in ihre Schuhe stieg. „Da habe ich schon etwas Geschäftliches vor.“

„Das ist okay“, sagte James, aber sie konnte einen leicht misstrauischen Blick in seinen Augen sehen. „Wann immer du Zeit hast, ist okay für mich.“

„Bitte denke nicht, dass ich dich abservieren werde“, sagte sie ernst und sah ihm fest in die Augen. „Letzte Nacht war ... Nun, ich hatte seit Ewigkeiten keine so gute Zeit. Mein Leben ist im Moment ein bisschen kompliziert. Aber wir werden bald Zeit finden. Vertraue mir.“

Er hatte wieder dieses Lächeln auf seinen Lippen. Dieses Lächeln, das ihre Knie schwach werden ließ. „Ich vertraue dir.“

Sie wusste, dass sie ihm von Riley erzählen musste. Aber was ist, wenn sie damit sein Vertrauen gebrochen hatte? Was ist, wenn er schlecht darauf reagierte? Ihr Herz schlug heftig, als sie das Hotelzimmer verließ. Verdammt, sie hatte nicht erwartet, dass sie so schnell so viel für ihn empfinden würde. Aber ihre Gedanken wanderten zurück zu der Nacht zuvor und trotz ihrer Sorge konnte sie nicht anders, als zu lächeln.

Alles in allem war es ein sehr erfreuliches Problem.

Kapitel 9 - James

James blieb noch lange liegen, nachdem Julia gegangen war. Er hätte es vorgezogen, den Morgen mit ihr im Bett zu verbringen, denn er hatte mehr als nur ein paar Ideen, wie sie diesen angenehmen Samstagvormittag gestalten könnten. Er konnte sich jedoch nicht über das Date, das sie hatten, beschweren, oder? Nicht nach diesem Ausklang. Gott, all die Erinnerungen an ihre gemeinsame Nacht an der Ostküste und dieser kurzen aber explosiven Begegnung kamen zu ihm zurück. Er hatte sich schon halb davon überzeugt, dass er es nur geträumt hatte. Sex könnte nie und nimmer so gut sein. Aber letzte Nacht hatte ihm ein für alle Mal gezeigt, dass zwischen ihnen eine einzigartige Chemie herrschte.

Es war bizarr. James hatte nie gedacht, dass eine Wiederholung mit ein und derselben Person jemals so gut werden würde. Es gab ein Gesetz, das besagte, das die Qualität bei Wiederholungen abnimmt, und das war immer seine Theorie. Sex mit einer Frau war das erste Mal aufregend, weil alles neu war, wegen des Nervenkitzels der Jagd und des Ruhms, Neuland erobert zu haben. Aber jede Wiederholung, die er hatte, konnte mit der ersten Begegnung nicht mithalten. Sicher, es war in Ordnung, er hatte nie wirklich keinen Spaß im Bett und auch nie eine Partnerin unbefriedigt zurückgelassen, worauf er besonders stolz war. Aber jedes Mal, wenn er mit einer Frau öfter geschlafen hatte, war das Feuerwerk beim zweiten oder dritten Mal weniger spektakulär. Das war auch der Grund, warum er so entsetzt darüber war, dass seine Freunde für den Rest ihres Lebens mit derselben Frau monogam leben wollten. Was war mit ihrem Sexualleben? Wenn er sich ab der dritten Runde Sex gelangweilt hatte, wie zum Teufel gelang es ihnen dann, es nach fünfzig, hundert oder sogar tausend Malen noch zu genießen?

Aber dann hatte er Julia getroffen. Und die heiße Nacht, die sie vor Jahren miteinander hatten, war kein Zufall oder Wunschdenken von seiner Seite gewesen. Die zweite Runde war genauso explosiv gewesen, oder zu seiner Überraschung, in gewisser Weise sogar noch besser. Den Abend mit ihr zu verbringen, sich zu unterhalten und sie kennenzulernen, nicht nur etwas über ihr Leben zu erfahren, sondern auch die Art und Weise, wie sie sich bewegte, wie ihre wunderschönen braunen Augen strahlten, wenn sie lächelte und schüchtern ihren Kopf senkte, wenn ihre Wangen rot wurden, als er ihr ein Kompliment machte. All das hatte die Erfahrung irgendwie verstärkt. Als hätte die Tatsache, sie ein wenig zu kennen, die Erfahrung verbessert, ihre Verbindung vertieft und die sexuelle Leidenschaft intensiviert. Das alles war komplett neu für James, der zuvor Gespräche mit Frauen als notwendiges Übel angesehen hatte, um sie ins Bett zu bekommen. Er bemerkte schockiert, dass die Zeit ohne Sex, die er mit Julia verbracht hatte, nicht nur den Sex verbessert hatte, sondern dass er diese Zeit sogar genossen hatte.

Er vermisste sie neben sich im Bett. Er vermisste nicht nur ihren Körper, die Wärme ihrer weichen Haut und das Leuchten ihrer Augen, sondern einfach ihre Anwesenheit. Ihre Gesellschaft. Überrascht wurde ihm bewusst, dass er mehr als glücklich wäre, den ganzen Tag mit ihr zu verbringen, ohne sie zu berühren, geschweige denn Sex mit ihr zu haben. Das war neu. So hatte er sich noch nie gefühlt. Als er sich im Bett aufsaß, runzelte er angesichts dieser ungewohnten Gefühle ein wenig die Stirn und war bestürzt, als er an die selbstgefällige Art dachte, wie Daniel ihn angrinste, als er ihm von Julia erzählt hatte.

Könnte sie seine Seelengefährtin sein? Konnte er sich in allem geirrt haben? Lag er falsch damit, wie er über seine Freunde dachte, die sich mit ihren Partnerinnen niederließen? Lag er falsch, wie er über Sex, Romantik und Liebe oder Frauen im Allgemeinen dachte? Mit gerunzelter Stirn dachte er darüber nach. Er stellte sich vor, dass Julia bei ihm im Haus lebte. Er stellte sich vor, morgens aufzustehen und sie in der Küche Kaffee kochen zu sehen. Er stellte sich vor, an einem Samstagmorgen mit ihr am Strand zu sein, im Wasser zu planschen, Sandburgen zu bauen und zusammen auf ihren Handtüchern zu liegen, während die Sonne immer tiefer sank.

Schockiert fühlte er, wie sich etwas in seinem Herzen öffnete, fast so, als würde etwas dahinschmelzen und eine ganz neue Gefühlstiefe offenbaren, von der er nicht geglaubt hatte, dass er dazu in der Lage war. Er wollte das. Er wollte, dass sie in seinem Haus lebte, und er wollte mit ihr ein Leben aufbauen. Er wollte jeden Freitag und Samstagabend mit ihr zusammen sein und Abendessen kochen, am Strand spazieren gehen, im Garten arbeiten, reden und lachen und sie an sich drücken. Er wollte keine Nachtklubs, Bars mit lauter Musik und den Nervenkitzel der Jagd mehr. Der Gedanke, eine schöne Fremde zu erobern und sie für eine Nacht ins Bett zu locken, der Nervenkitzel, für den er so viele Jahre gelebt hatte, erfüllte ihn mit nichts.

„Scheiße", murmelte er vor sich hin und starrte auf die Wand des Hotelzimmers. Das war ernst.

Er nahm sein Handy in die Hand und fühlte sich immer noch ein wenig desorientiert von dem, was er fühlte, aber mit wem konnte er darüber reden? Es war immer noch so frisch und er konnte jetzt keinen Spott von den Jungs ertragen, nicht mal ein bisschen, also waren sie raus. Alice vielleicht. Er grinste, als er auf das Display tippte und eine Nachricht von ihr auf seinem Handy vorfand.

„Wie ist es gelaufen, Bruder?"

Er biss sich auf die Lippe und zögerte mit seiner Antwort. Was konnte er sagen? Ja, großartig! Ich bin Hals über Kopf in sie verliebt und denke darüber nach, mein ganzes Leben zu ändern und mit ihr für immer zusammen zu bleiben, also ein normales erstes Date. Er lachte laut bei dem Gedanken und war von der Kraft seiner Gefühle völlig benommen und verwirrt.

„Wirklich gut. Wir haben die Nacht zusammen verbracht."

Sein Telefon summte sofort. „Wirst du sie wiedersehen?"

„Das würde ich gerne. Sie sagte, sie möchte das auch, aber sie ist sehr beschäftigt." Er fühlte sich ein wenig verunsichert und biss sich auf die Lippe. „Was mache ich, wenn sie mich nicht wiedersehen will?"

Die Antwort folgte umgehend. Seiner Schwester war wirklich schnell im Nachrichtentippen. „Akzeptiere ihr Ja als Antwort, Kumpel. Schlag ihr ein Datum vor, das zu ihrem Zeitplan passt. Das Schlimmste, was passieren kann, ist, dass sie Nein sagt."

Er stieg aus dem Bett und ging mit einem schlechten Gefühl im Bauch ins Badezimmer. Alice hatte leicht reden. Der Gedanke, Julia nie wieder zu sehen, war fast das Schlimmste, was er sich gerade vorstellen konnte. Doch sobald er seinen Körper unter das heiße Wasser tauchte, dachte er, dass Alice recht hatte. Julia hatte gesagt, sie wolle ihn wiedersehen, und ausdrücklich erwähnt, er solle ihr vertrauen. Also würde er das auch tun.

Als er aus der Dusche kam, hatten sich seine Gedanken ein wenig beruhigt und als ob sie ihn für sein Vertrauen belohnen wollte, sah er eine Nachricht auf seinem Handy. Der Anblick ihres Namens auf dem Display jagte einen Nervenkitzel durch seinen Körper. Gott, war das peinlich. Wie hatte es ihn nur so schnell erwischen können? Er hätte wissen sollen, dass an ihr etwas Besonderes war. Nach all den Jahren war die Tatsache, dass er sich so genau an ihre erste Begegnung erinnerte, ein eindeutiges Zeichen, und er hatte so viel Zeit verschwendet. Er hätte damals in diesem Hotelzimmer auf ihre Rückkehr warten und ihr sofort seine Liebe gestehen sollen.

„Tut mir leid, dass ich so schnell wegmusste. Ich habe die letzte Nacht wirklich genossen. Hast du diesen Donnerstagabend Zeit für ein Abendessen?"

Sein Herz sprang ihm plötzlich bis in seinen Hals. Da war er, der Beweis, dass sie ihn wiedersehen wollte. Sein Herz klopfte und er zögerte, zu antworten. In seinem alten Leben wäre es ein Unding gewesen, sofort auf eine solche Einladung zu antworten, denn es war wichtig, Spannung aufzubauen. Aber er erinnerte sich an das, was Alice zu ihm gesagt hatte. Sei ehrlich, sei du selbst. Keine Spielchen.

„Das wäre schön. Ich hatte letzte Nacht eine unglaublich tolle Zeit mit dir", tippte er etwas verlegen. „Was soll ich mitbringen?"

Er schob sein Handy in die Tasche und zog sich an. Als er den Hotelflur entlang zur Rezeption ging, um auszuchecken, fühlte er sich leicht wie eine Feder. Er würde sie wiedersehen. War es zu früh, um ihr zu sagen, wer er war oder besser gesagt, was er war? Seine Familie, seine Geschichte, sein wahres Alter, es gab eine Menge, das er von ihr fernhielt, das wusste er. Und es begann, ihn zu beunruhigen. Er holte tief Luft und versuchte, seine Nerven zu beruhigen. Sie hatten viel Zeit, um sich alles zu erzählen. Es gab Dinge, die sie noch nicht mit ihm geteilt hatte, richtig? Es musste welche geben. Und wenn er Geduld mit ihr haben könnte, könnte sie auch Geduld mit ihm haben.

Andererseits vermutete er, dass sein Geheimnis ein bisschen größer war als das ihre. Welches menschliche Geheimnis könnte die Tatsache übertreffen, dass er ein drei Meter große Drache war, dessen wahres Alter leichter in Jahrzehnten als in Jahren zu messen war?

Trotzdem konnte es seiner guten Laune nichts anhaben, als er beim Concierge auscheckte und aus dem Hotel auf die Straße ging. Es war ein schöner, heißer Tag und er zögerte ein wenig, als er zu seinem Auto ging. Es wäre schade, einfach zurückzufahren, wenn er schon den weiten Weg in die Stadt gemacht hatte. Sicherlich konnte er etwas finden, um sich selbst zu beschäftigen. Sein Handy summte. Julia teilte ihm mit, dass er eine Flasche Wein zum Abendessen bei ihr zu Hause bringen konnte. Das war ein gutes Zeichen, oder? Wenn sie bereit war, ihn zu sich einzuladen, vertraute sie ihm wenigstens ein bisschen. Und er war fest dazu entschlossen, der perfekte Gast zu sein.

Eine neue Mission vor Augen, ging er die Straße entlang. Er wollte eine perfekte Flasche Wein finden und ein paar Lebensmittel für sich zu Hause holen, wenn er schon dabei war. Es war Samstag Mittag und in der Stadt herrschte reges Treiben von Touristen und Einheimischen, die den schönen, sonnigen Samstag genossen. Er war auf dem Weg zu einem Spirituosengeschäft, als er auf der Straße ein bekanntes Gesicht entdeckte. Er brauchte eine Minute, um den Mann einschätzen zu können. Blondes Haar, dunkle Augen und die Art von sorgfältig trainierten Muskeln, die nach James' Erfahrung nur in einem Fitnessstudio zu erreichen war. Aber was ihn verriet, war die Art, wie der Kerl ihn anstarrte und ihm ein wenig zu nahe trat.

„James, richtig? Schön, dich hier zu sehen."

„Hey, Zach", begrüßte ihn James und erinnerte sich an seinen Namen vom Vorabend. Es war Julias Arbeitskollege. Kein Typ, den sie mochte, soweit er es beurteilen konnte. Und er verstand, warum. „Wie geht es dir?"

„Gerade mit dem Training fertig geworden", sagte er und streckte seine Arme in einer Geste aus, die eindeutig darauf ausgelegt war, seine Muskeln zur Geltung zu bringen. „Ich gehe fast jeden Tag Thai-Boxen. Hält mich fit."

„Cool", sagte James und versuchte, seinen Ton neutral zu halten. Er wusste, wenn ein Mann versuchte, ihn einzuschüchtern. „Es ist wichtig, sich in Schuss zu halten."

„Also, wie geht es Julia? Hattet ihr zwei ein gutes Date?“

„Das hatten wir, danke.“

„Habt ihr es miteinander getrieben?“

James blinzelte völlig überrascht angesichts dieser Frage. Er sah ein hässliches Funkeln in Zachs Augen, als dieser schmunzelte. „Komm schon, Alter. Nur zwischen uns Jungs. Hat sie dich rangelassen?“

„Ich wüsste nicht, was dich das angeht“, sagte James und hielt seine Stimme trotz des Zorns, der in seinem Bauch aufflammte, leise. „Bis irgendwann mal …“

Aber als er versuchte, an Zach vorbeizugehen, war die Hand des Mannes überraschend schnell an seinem Arm. Er grub seine Finger in James Bizeps und hielt ihn zurück.

„Hör zu, Kumpel. Tu dir selbst einen Gefallen und verlier ihre Nummer“, zischte er mit leiser, hässlicher Stimme. „Vertrau mir. Es wäre auf lange Sicht besser für dich.“

„Und warum wäre es das?“, fragte James und bemühte sich, seine Gelassenheit zu bewahren, als ein großer Teil von ihm nichts anderes wollte, als sich sofort zu verwandeln und Zach mit seinen Krallen auseinanderzunehmen.

„Wenn du es nicht machst, bekommst du es mit mir zu tun. Sie gehört mir, verstehst du?“

„Sie gehört dir nicht, Kumpel“, knurrte James. „Sie gehört niemand anderem als sich selbst.“

„Was auch immer. Du kannst dir den Weißen-Ritter-Bullshit schenken. Halt dich einfach von ihr fern, okay? Ich und Julia kennen uns schon ewig. Ich werde dich im Auge behalten.“

Danach stürmte Zach die Straße hinunter. James sah ihm nach und bedauerte zutiefst, dass er das klare Angebot eines Kampfes nicht angenommen hatte, aber war gleichzeitig froh, dass er es vermieden hatte, eine Szene zu machen. Seine Beziehung zu Julia war so frisch und er wollte nichts riskieren, indem er sich mit ihrem Kollegen in einen Kampf stürzte. Er wollte sich auch nicht unbedingt mit der Polizei anlegen. Einige Leute hatten sie mit großem Interesse beobachtet und er wusste, dass jemand die Bullen gerufen hätte, wenn die Dinge eskaliert wären. Und obwohl sein Verhältnis zu ihnen mittlerweile viel besser war als in seinen wilderen Tagen, wusste James, dass er sich ein paar unangenehme Fragen stellen müsste, wenn er verhaftet werden würde.

Zum Beispiel, warum in diesem Jahrhundert niemand mit seinem Namen geboren worden war.

Trotzdem hatte er einen sauren Geschmack im Mund, als er in den Spirituosenladen ging, um eine Flasche Wein zu kaufen. Er verbrachte eine Weile damit, sich die Etiketten auf den Flaschen durchzulesen, und war sich nicht sicher, ob Julia lieber rot oder weiß mochte. Er schickte ihr eine kurze Nachricht, um sie zu fragen, und die Geschwindigkeit, mit der sie antwortete, brachte ihn zum Lächeln. Rotwein. Noch etwas, das sie gemeinsam hatten. Herrje, warum war das so aufregend? Er entschied sich für eine gute Flasche Wein und ging aus dem Laden, nachdem er bezahlt hatte. Jede Faser in ihm freute sich schon auf Donnerstag. Auf dem Weg zurück zu seinem Auto ging er an einem Blumenladen vorbei.

James zögerte. Die Idee, einer Frau Blumen zu schicken, war für ihn immer absurd gewesen. Zu seiner Überraschung begann er zu begreifen, warum die Leute es taten. Er wollte, dass Julia wusste, dass er an sie dachte und sie etwas Schönes zum Anschauen hatte. Aber Schnittblumen hatten etwas Trauriges an sich. Irgendwie war es seltsam, ihr etwas zu schenken, das in ein paar Tagen sterben würde, aber er ging trotzdem in den Laden. Er erinnerte sich daran, dass sie ihm erzählt hatte, wie sehr sie Gartenarbeit liebte. Zu seiner Überraschung waren Schnittblumen nicht das Einzige, was in dem kleinen Laden angeboten wurde. Auf einem niedrigen Regal fand er eine Sammlung eingetopfter Orchideen.

„Sie sind wunderschön, nicht wahr?“, fragte die Verkäuferin freundlich und beugte sich über die Theke. „Sie sind etwas empfindlicher als eine durchschnittliche Topfpflanze und erfordern viel Geduld und Arbeit, aber sie sind es auf alle Fälle wert.“

Er lächelte und dachte an das, was er über Julia wusste. Fleißig und geduldig, das passte zu ihr.

„Ist es für Sie selbst oder eine besondere Frau?“

„Letzteres“, sagte er und fühlte, wie er rot anlief. Es fühlte sich seltsam an, so über sie zu reden, aber auch gut.

„Ehefrau? Freundin?“

„Weder noch“, gab er zu. „Wir haben uns nach langer Zeit wieder getroffen.“

„Das hier ist eine Einheimische“, erklärte die Frau und hob einen Topf mit einer kleinen Pflanze hoch, deren Stiel mit zarten weißen

Blüten verziert war. „Einfach zu pflegen, für eine Orchidee. Kennt sich Ihre Freundin mit Pflanzen aus?“

Er nickte lächelnd. „Sie hat einen Abschluss in Umweltwissenschaften“, sagte er und fühlte sich seltsam stolz dabei. „Sie liebt Pflanzen.“

„Dann ist das perfekt“, sagte sie fröhlich.

Perfekt, dachte James und fühlte sich ein wenig schwindelig bei dem Gedanken, wie sich sein Leben in der letzten Woche verändert hatte. Das war definitiv das richtige Wort dafür.

Kapitel 10 - Julia

„Danke, dass du auf ihn aufgepasst hast", sagte Julia dankbar und hob Riley in ihre Arme. „Ich weiß das wirklich zu schätzen."

„Ich wünschte, ich hätte ihn den ganzen Tag behalten können", sagte Meg schelmisch und hob eine Augenbraue. „Scheint, als wäre das Date gut gelaufen."

„Was meinst du?"

Auf den Lippen ihrer Freundin zeigte sich ein Lächeln. „Du hast noch immer die gleiche Bluse an, die du gestern Abend getragen hast. Ganz zu schweigen von dem Knutschfleck an deinem Hals." Julias freie Hand griff schnell an ihren Hals und Meg grinste triumphierend. „Erwischt! Ich wusste, dass du mit ihm die Nacht verbracht hast!"

„Wie schlimm ist es?"

„Dein Hals ist okay", sagte Meg und winkte abweisend mit der Hand. „Ich wollte nur sehen, ob du darauf reagierst. Ich freue mich so für dich, Babe. War er gut?"

„Meg", zischte Julia und widerstand dem Impuls, Riley die Ohren zu bedecken. „Riley ist hier."

„Dann erzähl keine Details", sagte Meg, die noch immer wie eine Grinsekatze übers ganze Gesicht strahlte.

„Ja", sagte Julia und errötete. „Ja, wir hatten eine sehr schöne Zeit, wenn du das wissen wolltest? Sowohl während des Dates als auch danach."

„Wirst du ihn wiedersehen?"

„Ja, ich glaube schon. Es passt nur gerade schlecht. Ich habe nächstes Wochenende diese blöde Sache in der Arbeit. Wir fahren zu einer Konferenz und ich weiß immer noch nicht, wo Riley unterkommen kann. Und Zach ist im Moment noch unerträglicher, als er sowieso schon ist."

„Ich hasse diesen Kerl", sagte Meg sachlich. „Ich rate dir, ihn mit deinem neuen Freund abzuschrecken. Für irgendwas müssen sie ja gut sein."

„Ist er mein Freund?", fragte Julia und hob eine Augenbraue. „Meg, wenn ich es nicht besser wüsste, würde ich denken, dass du weich wirst. Seit wann bist du nett zu einem Mann, mit dem einer deiner Freundinnen zusammen ist?"

„Nur, weil meine Freundin dringend so eine Nacht gebraucht hat. Nun geht nach Hause, ihr zwei." Meg scheuchte sie zur Tür und grinste immer noch. Ihre Wohnung war zwar kleiner als die von Julia, aber sie wusste, dass die Möbel darin mehr wert waren als ihr Auto. „Und ich möchte später alle intimen Details darüber hören, okay? Wenn keine unschuldigen Ohren in der Nähe sind."

Julia grinste vor sich hin, als sie Riley in seinen Autositz setzte. Die Sonne schien, die Vögel sangen und Meg hatte recht. Sie hatte letzte Nacht wirklich gebraucht, mehr, als sie selbst gedacht hatte. Es war so schön gewesen, in einem Restaurant zu sitzen und über Dinge zu sprechen, die sich nicht um die Arbeit oder Riley drehten. Und was die darauffolgenden Aktivitäten anging … Sie spürte, wie ihr Gesicht brannte, als ihre Erinnerung sie mit ein paar Highlights versorgte. Es war genauso gut gewesen wie damals ihre leidenschaftliche Nacht nach der Junggesellinnenparty. Es schien so lange her zu sein. Wie war es möglich, dass James fast immer noch genauso aussah?

Sie verbrachte den Nachmittag mit Riley und versuchte, etwas Arbeit zu erledigen. In dieser Woche hatte es in der Kindertagesstätte ein wenig Drama gegeben. Sie bestanden darauf, dass ihr Sohn Fieber hatte, auch wenn er vollkommen gesund und glücklich war. Sie musste deshalb ein paar Tage hintereinander von zu Hause aus arbeiten, um ein Auge auf ihren Sohn zu haben. Zum Glück konnte ihre Mutter ihn für ein paar Tage nehmen, sodass sie nicht zu viel Arbeit verpasste. Trotzdem war es alles andere als ideal, vor allem da die Konferenz bevorstand, auf die sie sich vorbereiten musste. Rowena war eine verständnisvolle Chefin, sie hatte drei Kinder alleine großgezogen, während sie Vollzeit gearbeitet hatte, aber Julia wusste, dass sie sich nicht zu sehr auf dieses Entgegenkommen verlassen sollte.

„Was ist nur los mit dir, kleiner Mann?“, fragte sie und streckte lächelnd die Hand aus, um die hellbraunen Haare ihres Sohnes zu kräuseln. „Warum wirst du so heiß?“

Vielleicht war es genetisch bedingt, dachte sie und erinnerte sich an das Gefühl von James’ Haut, die sich heiß anfühlte, als sie zusammen im Bett lagen. James schien immer eine hohe Körpertemperatur zu haben. War es möglich, dass es seine Erbanlagen war, die dafür sorgte, dass Riley ständig Fieber hatte? Sie runzelte die Stirn, als sie ihren Sohn in die Wohnung trug und ein wenig wegen der Unordnung, die herrschte, zusammenzuckte. Ihre Nacht mit James war eine schöne Abwechslung gewesen, aber jetzt, wo sie von der Unordnung und dem Chaos ihres häuslichen Lebens umgeben war, kehrte sie schnell in die Realität zurück.

Trotzdem nahm sie sich eine Minute Zeit und googelte, ob Menschen aufgrund einer genetisch bedingten Erkrankung eine höhere Temperatur haben könnten, aber fand nicht viel darüber. Aber als sie an James dachte, dachte sie auch an den frühestmöglichen Zeitpunkt, an dem sie ihn wiedersehen konnte. Die Konferenz war über das Wochenende, diese Option schied also aus. Aber was sollte sie davon abhalten, sich mitten in der Woche zu sehen? Donnerstagabend war am besten. Ihre Mutter unterrichtete am Donnerstagabend nicht und konnte Riley normalerweise für die Nacht nehmen, deshalb lud sie James mit einer Nachricht zum Abendessen ein, bevor sie es sich anders überlegte. Sie mochte diesen Kerl und es war an der Zeit, dass er wusste, dass sie einen Sohn hatte. Riley war ein zu wichtiger Teil ihres Lebens, um ihn vor James zu verstecken, vor allem, wenn sie vorhatte, ihn weiterhin zu sehen.

Und das hatte sie. Sie mochte ihn wirklich sehr. Es war so leicht, mit ihm zu reden, und so angenehm, mit ihm zusammen zu sein. Sie hatte nicht bemerkt, wie sehr sie diese Art von Gesellschaft vermisst hatte, und jetzt wollte sie mehr davon. Es würde immer kompliziert werden mit Riley und ihrer Vergangenheit, aber sie war überrascht, wie sehr sie wollte, dass es trotzdem funktionierte. Und als James sofort auf ihre Nachricht antwortete, um ihre Einladung anzunehmen, breitete sich ein Grinsen auf ihrem Gesicht aus, woraufhin Riley sie neugierig ansah.

„Ich habe einen neuen Freund, kleiner Mann“, erklärte sie ihrem Sohn. Er dachte feierlich und auf diese philosophische Weise, die er an sich hatte, nach.

„Welcher Freund?“

„Sein Name ist James. Vielleicht kannst du ihn eines Tages kennenlernen.“

„Mag er Pflanzen?“

Sie kicherte. Mit Riley auszukommen war nicht sehr schwer. Jeder, der mit ihm über Pflanzen sprach, war sofort sein Freund. „Ich denke schon, Kumpel.“ Zufrieden ging der Kleine weg, um zu spielen, und Julia machte sich daran, das Haus in Ordnung zu bringen. Zu ihrer Überraschung freute sie sich bereits auf Donnerstagabend. Die Konferenz war natürlich ein anderes Thema.

Der Rest des Wochenendes verging schnell. Sie brachte Riley am Sonntag zum Arzt, um eine Bescheinigung über seinen Gesundheitszustand zu erhalten, damit die Kindertagesstätte ihn nicht wieder nach Hause schickte. Sue war nicht glücklich darüber, als sie ihn am Montagmorgen dort absetzte, aber die Bescheinigung des Arztes schien genug zu sein, um sie zumindest vorläufig zu beruhigen.

Die Arbeit war hektisch, was nicht wirklich überraschend war. Die Konferenz war eine große Sache und eine gute Möglichkeit für das Unternehmen, zu expandieren, wenn sie ein paar große Spender gewinnen konnten. Somit brauchten sie alle Hände, um die Präsentation vorzubereiten. Sie verlor sich ein wenig im Wirbel der Hektik, aber es war schön, gelegentlich auf ihrem Handy eine Nachricht von James zu sehen. Sie hatten die ganze Woche über miteinander Nachrichten geschrieben und jedes Mal, wenn sie seinen Namen auf ihrem Display sah, hatte sie ein warmes Gefühl in ihrem Körper. Es war, als ob sie sich schon jahrelang kannten und nicht erst seit ein paar Tagen, sondern fast, als ob sie nach dieser ersten gemeinsamen Nacht vor all den Jahren in Kontakt geblieben wären.

Als sie am Montagabend mit Riley im Schlepptau nach Hause kam, wartete eine Überraschung auf sie vor ihrer Haustür. Sie bemerkte es zuerst nicht, aber plötzlich zappelte Riley in ihren Armen und rief immer wieder das Wort „Pflanze!“ Sie blinzelte, als sie ihn auf den Boden stellte, und er tapste mit Höchstgeschwindigkeit und Augen, so groß wie Untertassen, zu der Pflanze hinüber.

„Mama! Pflanze!“

„Sieht so aus, mein Freund.“ Sie streckte die Hand aus und erkannte, dass die Karte, die an der kleinen Topfpflanze angebracht war, vom örtlichen Floristen stammte. Ein Lächeln breitete sich auf ihrem Gesicht aus, als sie die Notiz las. Es war nur ein Einfaches „Von James“.

„Woher wusste er, dass ich Blumen hasse?“, flüsterte sie und hob den Topf auf, um ihn hineinzutragen. Riley folgte ihr, als würde er von einem Magneten in der Pflanze angezogen werden. Ihr Ex hatte immer darauf bestanden, ihr Rosen zu schenken. Sie waren wunderschön, aber sie hasste es, sie sterben zu sehen. Aber eine Pflanze in einem Topf und noch dazu eine aus Kalifornien? Sie musste lächeln. Wie passend, ein Kalifornier für zwei Kalifornier.

„Es ist eine Orchidee“, sagte sie zu Riley, der vor Ungeduld fast explodierte. „Sollen wir im Pflanzenbuch nachschauen?“

Das Abendessen würde heute Abend spät werden, dachte sie amüsiert, als Riley davon dackelte, um die enorme Enzyklopädie mit Pflanzen aus dem Regal zu holen. Wie hatte James es geschafft, ein so perfektes Geschenk für ein Kind zu besorgen, von dem er nicht einmal wusste?

Die Woche ging weiter. Sie freute sich immer mehr auf ihr Date mit James und hatte sich entschieden, was sie für ihn kochen würde. Sie hatte ihrer Mutter sogar von ihm erzählt, mit dem Hintergedanken, sie dazu zu bringen, für die Nacht und den nächsten Tag auf Riley aufzupassen. Jane hatte die Augen verdreht, aber als sie sich nach dem Mann erkundigte, mit dem Julia sich verabredet hatte, hatte sie einen Ausdruck von vorsichtigem Interesse auf ihrem Gesicht gesehen. Julia erwähnte das Detail, dass James Rileys leiblicher Vater war, nicht. Das wäre ein separates Gespräch und es war viel zu früh in der Beziehung, um es zur Sprache zu bringen. Dies war erst ihr zweites Date. Sobald sie James von ihrem Sohn erzählt hatte und seine Reaktion abschätzen konnte, würde sie entscheiden, wie viel mehr sie ihm erzählen konnte – und wann.

„Nun, ich bin froh, dass du wieder ein Gesellschaftsleben hast, mein Schatz“, sagte Jane schließlich. „Alleinerziehende Mutter zu sein ist schwer. Du brauchst auch Gespräche mit Erwachsenen. Ich werde gerne ein paar Dinge verschieben und Riley zu mir nehmen.“

„Danke, Mom. Ich mag ihn, aber es ist ein bisschen früh, ihm Riley vorzustellen.“

„Bestimmt. Sehr klug von dir. Jetzt geh und rette wieder den Planeten."

Sie grinste und beendete den Anruf. Sie hatte ihre Mittagspause draußen am Handy mit ihrer Mutter verbracht und ihren Salat im Sonnenschein genossen. Aber ihre helle, fröhliche Stimmung hielt nicht lange an. Sie setzte sich an ihren Schreibtisch und bereitete sich darauf vor, mit der Erstellung der Präsentation für die Konferenz fortzufahren, nachdem sie ihre E-Mails überprüft hatte. Eine Kopie der Rechnung des Hotelaufenthalts für das Wochenende war an sie geschickt worden und sie öffnete die E-Mail. Als sie sie durchlas, runzelte sie ihre Stirn.

Hatten sie einen Fehler gemacht? Soweit sie wusste, besuchten sie zu zweit die Konferenz, aber es war nur ein Hotelzimmer gebucht worden. Hatte Zach sie verschaukelt, als er ihr gesagt hatte, dass sie beide zur Konferenz gehen würden? Frustriert biss sie die Zähne zusammen. Wenn sich herausstellte, dass sie nicht gehen würde, hätte sie eine Menge Wind um nichts gemacht. Ihre Mutter hatte ihre Pläne umgestellt, nicht zuletzt auch Aufträge gecancelt und somit Geld verloren, nur damit sie Riley für das Wochenende zu sich nehmen konnte. Wenn Zach sie also nur verarscht hätte ...

Sie stand auf und ging angespannt zu seinem Schreibtisch. Sie versuchte, ihren Zorn zu unterdrücken, damit sie bei diesem Gespräch professionell bleiben konnte. Aber das selbstgefällige Grinsen in seinem Gesicht, als er zu ihr aufblickte, half ihr nicht wirklich, ruhig zu bleiben. Sie atmete ein paar Mal tief durch und versuchte, sich an die Meditationstipps ihrer Mutter zu erinnern.

„Hey, Zach."

„Hey, meine braunäugige Schönheit!"

„Hast du diese E-Mail wegen der Konferenz erhalten?"

„Welche? Die Rechnung? Oh ja. Vier Sterne, Baby. Untere Liga", fügte er mit einem Augenzwinkern hinzu. „Wir müssen Geld sparen, wo immer wir können, richtig?"

„Ja, darum geht es. Es ist nur ein Zimmer gebucht. Bist du sicher, dass Rowena möchte, dass wir beide gehen?"

„Natürlich möchte sie das. Wie ich schon sagte, wir brauchen eine Frau, um zu beweisen, dass wir nicht alle schwanzschwingende Höhlenbewohner sind. Wir brauchen den Charme einer Frau."

„Okay, also soll ich anrufen und noch ein zweites Zimmer buchen?"

„Wofür?“ Er starrte sie an und sie konnte fühlen, wie sie eine Gänsehaut bekam. „Warum brauchen wir zwei Hotelzimmer? Wir werden kaum da sein und das ganze Wochenende über Networking betreiben.“

„Du willst dir ernsthaft ein Zimmer teilen?“

„Ich versuche nur, die Kosten niedrig zu halten, Jule.“ Er zuckte mit den Schultern und breitete die Hände aus. „Ein paar hundert Dollar sind vielleicht keine große Sache für mich, aber es sind ein paar hundert Dollar, mit denen das Unternehmen Öl von Pinguinen waschen oder ein paar Bäume retten könnte.“

Sie biss die Zähne zusammen und fühlte sich in die Enge getrieben. Es stimmte. Geld zu sparen war für eine so kleine Organisation unverzichtbar. Selbst ein paar Hundert Dollar konnten viel bewirken. Und wenn es jemand anderes im Büro gewesen wäre, hätte sie nichts dagegen gehabt, ein Zimmer zu teilen. Aber Zach war anders. Die Art, wie er sie ansah, das gruselige Starren und die unangenehmen Kommentare. Der Gedanke, das ganze Wochenende mit ihm in einem Hotelzimmer festzusitzen und nicht flüchten zu können, war einfach unerträglich.

„Ich meine, wenn du wirklich so dringend dein eigenes Zimmer brauchst, wäre Rowena sicher einverstanden, das zusätzliche Geld irgendwo im Budget aufzutreiben“, sagte Zach und starrte sie an. Sie wusste, dass er ihr keine Wahl ließ. „Soll ich mit ihr reden und ihr sagen, dass du nicht daran interessiert bist, Kosten zu sparen?“

„Nein, lass es“, sagte sie schließlich und hasste den selbstgefälligen, triumphalen Blick, den er auf seinem Gesicht hatte. „Ruf einfach vorher an und stell sicher, dass es zwei Einzelbetten gibt, okay? Die Leute sehen einen männlichen und einen weiblichen Namen auf einer Hotelbuchung und nehmen an …“

„Gott, wäre das nicht schrecklich?“, schnurrte er mit einer Stimme, die er eindeutig für verführerisch hielt. „Wenn die Leute annehmen, wir wären zusammen, und jeden Abend in dieses Hotelzimmer gehen, um uns gegenseitig flachzulegen.“

„Zach“, zischte sie und starrte geschockt durch das Büro. Er war noch nie so dreist gewesen. Hatte das jemand gehört? „Das ist völlig unangemessen.“

Er zwinkerte ihr zu und war offensichtlich von ihrem Unbehagen nicht irritiert. Wenn überhaupt, schien er sich darüber zu freuen, so als würde es ihm einen Kick geben, wenn sie sich unwohl fühlte. Wahrscheinlich war es das, dachte sie sich angewidert. Er mochte es, dass Frauen sich wegen ihm unwohl fühlten. Es gab ihm das Gefühl, mächtig zu sein. „Du hast recht. Wir sollten nicht über unser Liebesleben im Büro sprechen. Wir wollen nicht, dass jemand eifersüchtig wird, oder?"

„Sei nicht so abscheulich", schnappte sie und verlor für eine Minute die Kontrolle. „Ich bin nicht an dir interessiert und das werde ich auch niemals sein."

Aber er war davon nicht beeindruckt. Es war ihm egal, dass sie nicht interessiert war, bemerkte sie und ihr Magen verkrampfte sich. Er würde sie so oder so bedrängen. „Oh, richtig. Du gehst mit diesem großen Kerl aus dem Restaurant aus, oder? Jimmy oder was auch immer sein Name war? Wie läuft das?"

„James", schnappte sie und fühlte eine Wut in ihr aufsteigen, dass Zach die Frechheit hatte, so abschätzig über den Mann zu sprechen, mit dem sie sich traf. „Und es geht dich nichts an, wie es läuft."

„Hör auf meinen Rat, Jule. Er ist nicht der Richtige für dich. Du brauchst jemand Schlauen. Jemanden, der erfolgreich ist. Er sieht aus wie ein Bauarbeiter. Ein Mädchen wie du kann jemand Besseren haben, richtig?"

„Ich bin eine Frau, kein Mädchen", sagte sie und spürte, wie ihr Blut zu brodeln begann. „Mein Name ist Julia, nicht Jule oder Jules. Und wenn du das nächste Mal so mit mir sprichst, werde ich Rowena darüber informieren. Es ist mir egal, wie viele große Spender du uns bringst. So viel Geld gibt es auf der ganzen Welt nicht, dass es entschuldigen würde, die Frauen hier sexuell zu belästigen."

Sie drehte sich um, bevor er überhaupt darauf reagieren konnte, stürmte zurück zu ihrem Schreibtisch und versuchte, ihre Wut im Zaum zu halten, die sie wie ein Lauffeuer durchdrang. Es hatte sich unglaublich gut angefühlt, ihn einmal in ihrem Leben die Meinung zu sagen, aber sie konnte fühlen, wie sich sein hässlicher Blick in ihren Rücken bohrte. Es würde irgendwelche Konsequenzen haben, das konnte sie bis in ihre Knochen spüren. Zach war nicht der Typ, der es ertragen konnte, gemaßregelt zu werden.

Sie freute sich darauf, Donnerstag Abend mit James zu verbringen. Aber zu wissen, dass sie am nächsten Tag mit dem schlimmsten Mann, den sie jemals getroffen hatte, verreisen würde, ließ sie das Ende der Woche fürchten.

Kapitel 11 - James

Die Woche verging schleichend langsam und es half nicht, dass James wie ein Einsiedler lebte. Er war entschlossen, den anderen Jungs so weit wie möglich aus dem Weg zu gehen, da er völlig paranoid war, dass sie bemerken könnten, dass etwas anders mit ihm war, wenn er zu viel Zeit mit ihnen verbringen würde. Was um alles in der Welt konnte er schon mit ihnen reden? Er konnte nur an Julia denken, was sie tat, wie es ihr ging und ob in ihrer Arbeit alles okay war. Sie schrieben jeden Tag Nachrichten und er hielt ständig den Atem an, wenn er auf eine Antwort von ihr wartete oder darüber nachdachte, wie er am besten auf ihre Nachrichten reagieren konnte. Er versuchte sein Bestes, ihr Nachrichten zu schicken, die sie aufheitern würden und so viel wie möglich zum Lachen brachten. Es sah so aus, als ob ihre Arbeit im Moment sehr stressig war.

Sie liebte sein Geschenk und schickte ihm viele Emojis, als die Orchidee am Montagabend geliefert wurde. Er grinste auf sein Handy hinunter und sah, wie Daniel ihn anstarrte. Sie saßen auf der Couch und tranken ein Bier. James zuckte zusammen, als er den neugierigen Blick auf dem Gesicht seines Freundes bemerkte.

„Wem schreibst du?"

„Niemanden", sagte er ein wenig zu schnell. „Ich habe nur gerade ein lustiges Meme auf Facebook gesehen."

„Ein lustiges was?", fragte Daniel und rümpfte die Nase.

„Vergiss es."

„Du kennst zu viele Menschen auf Facebook. Ich schwöre, manchmal sprechen sie eine andere Sprache."

„Du hast nur nicht mehr auf dem Laufenden, alter Mann."

„Ja, oder ich verbringe meine Wochenenden auch nicht damit, mit Zwanzigjährigen zu flirten. Hat eine von ihnen überhaupt den Verdacht, dass du alt genug bist, um ihr Ur-Ur-Ur-Urgroßvater zu sein?"

Bei der Erinnerung daran, wie er seine Wochenenden früher verbracht hatte, zuckte er zusammen. Seit er Julia wiedergesehen hatte, hatte er keine Gedanken mehr an solche Dinge verschwendet.

Daniel trank sein Bier, ohne dass er James' Zögern bemerkte.

„Apropos", fuhr Daniel fort. „Willst du wieder zu diesem Klub am Wochenende? Ich hatte neulich viel Spaß. Ich nehme an, dass du am Freitag auch dort warst."

„Ach ja, richtig. Ja." James zögerte und war hin- und hergerissen. Einerseits wollte er nicht, dass Daniel sich darüber lustig machte, wo er tatsächlich war, auf der anderen Seite war Daniel einer seiner engsten Freunde auf der Welt. Es fühlte sich falsch an, ihm nicht die Wahrheit zu sagen. „Vielleicht?"

Daniel beugte sich neugierig vor. „Was ist los mit dir, Alter? Du siehst anders aus. Irgendwie abgelenkt, aber nicht so, wie du normalerweise abgelenkt bist."

Er holte tief Luft. „Versprichst du mir, nicht über mich zu lachen?"

Daniels Augen wurden groß. „Kumpel …"

„Versprich es mir. Du musst es versprechen."

„Aber ..." Daniel seufzte. „Okay. Ich verspreche es."

„Ich nehme dich beim Wort", warnte James ihn. „Okay. Ich war letzte Woche nicht im Klub. Ich hatte ein Date."

Daniel starrte ihn immer noch an. „Und? Was ist daran neu?"

„Mit einer Frau. Eine Frau, die ich vor vier Jahren getroffen habe, als ich unterwegs war. Ihr Name ist Julia." Er kämpfte gegen den Drang, Daniel alles zu erzählen, was er über sie wusste. „Sie ist etwas Besonderes."

„Das ist nicht dein Ernst", sagte Daniel langsam, als ihm bewusst wurde, was sein Freund ihm gerade erzählt hatte. „Du warst auf einem Date? Einem richtigen Date? Du, James, der größte Frauenheld der Welt, hast eine Frau ausgeführt, weil du Zeit mit ihr verbringen und sie kennenlernen wolltest?"

„Ja."

Daniel schwieg für einen Moment, aber lange genug, dass James anfing, sich Sorgen darüber zu machen. War er wütend auf ihn? Hatte er seinen Freund beleidigt, indem er ihm nicht die Wahrheit gesagt hatte?

„Daniel? Was ist ..."

„Ich kann nicht glauben, dass ich versprochen habe, mich nicht über dich lustig zu machen", stöhnte Daniel und vergrub seinen Kopf in seinen Händen. „All das ‚Ich habe es dir gesagt' wird mir im Hals stecken bleiben und mich ersticken, bis ich tot umfalle, und du bist daran schuld."

James lachte erleichtert. „Einmal darfst du, okay? Nur einmal. Damit du es herauslassen kannst."

„Gott sei Dank", sagte Daniel offen. Er stand auf, beruhigte sich, holte tief Luft und sagte mit einer Stimme, die lauter war, als James ihn jemals gehört hatte: „ICH HABE ES DIR GESAGT!"

James rieb sich das Ohr. „Glücklich?"

„Sehr", sagte Daniel gelassen. „Jetzt erzähl mir von dieser Frau. Sie muss etwas ganz Besonderes sein."

Sobald er angefangen hatte, von Julia zu erzählen, konnte er nicht mehr aufhören, und bevor er sich versah, hatte er Daniel die ganze Geschichte erzählt. Alles über Julia, das erste Mal, als sie sich getroffen hatten und sie ständig in seinen Gedanken war wie noch keine Frau zuvor. Der verrückte Zufall, sie wieder getroffen zu haben, und dass er nicht aufhören konnte, an sie zu denken. Ihr Date. Die gemeinsame Nacht und die Nachrichten, die sie sich schickten. Er erwähnte sogar ihren Kollegen, der ihn vor ihr warnen wollte. Daniel runzelte die Stirn.

„Seltsam, es mitten auf einer Straße auf einen Kampf anzulegen. Normalerweise verhalten sich die Menschen klüger. Bist du sicher, dass er kein Wolf war oder so?"

„Er hatte nicht die Augen", sagte James. „Außerdem kann ich einen Wolf aus hundert Meter Entfernung erkennen. Er war kein Gestaltwandler."

„Es gibt noch andere Arten von Gestaltwandlern als Wölfe", sagte Daniel. James runzelte die Stirn. Er hatte keine starken Schwingungen wahrgenommen, aber er hatte auch nicht wirklich auf Zach geachtet, als er ihn getroffen hatte, sondern seine Aufmerksamkeit auf Julia gerichtet. „Sei trotzdem vorsichtig mit ihm. Du weißt ja, wie eifersüchtig Jungs werden können." Er grinste. „Aber genug von dem Trottel. Wann lernen wir Julia kennen?"

Er zögerte. „Ich weiß es nicht. Ich habe ihr noch nichts davon erzählt, du weißt schon, dem Drachending."

„Alles klar", sagte Daniel. „Zu viele Infos für ein erstes Date."

„Aber ich möchte es schon. Ich meine, ihr seid meine Familie und ich kann ihr kaum etwas von euch erzählen, wenn ich nicht darüber reden kann, was wir wirklich sind. Aber kann ich es ihr anvertrauen?"

Daniel zuckte die Schultern. „Auf die Gefahr hin, dass ich die Vereinbarung breche, dich nicht zu piesacken, aber wenn sie deine Seelengefährtin ist, kannst du ihr alles anvertrauen. Zumindest haben das immer alle behauptet."

James holte tief Luft. „Das denke ich auch. Vielleicht erzähle ich es ihr am Donnerstag."

„Viel Glück, Kumpel." Daniel lächelte ihn an, als er hinausging. „Und hey, ich freue mich wirklich für dich."

Es fühlte sich gut an, jemand anderem davon erzählt zu haben. Aber die Woche kroch immer noch dahin, während er darauf wartete, dass es Donnerstag Abend wurde. Zur Sicherheit hatte er sich bereits den Nachmittag und den folgenden Arbeitstag freigenommen und als es endlich Donnerstag Nachmittag war, hatte er genügend Zeit, um sich vorzubereiten. Sein Herz pochte wild, als er sich duschte. Ein Gefühl von Nervosität vermischte sich mit freudiger Erwartung. Er konnte es kaum erwarten, sie zu sehen, aber war auch gleichzeitig besorgt. Was, wenn er die Nerven verlor und ihr nicht sagen konnte, was er war? Oder schlimmer, was, wenn er es ihr sagte und sie ihn deswegen zurückwies?

„Wenn sie deine Seelengefährtin ist, kannst du ihr vertrauen", murmelte er vor sich hin und dachte an das, was Daniel gesagt hatte. Die Vorstellung von Seelengefährten kam ihm immer noch etwas seltsam vor, aber welche andere Erklärung gab es dafür, was er für sie empfand?

Es war noch sehr früh, als er sein Outfit und die Haare im Spiegel zum vierten Mal überprüfte. Alice hatte ihm eine Schleife für den Hals der Weinflasche gegeben und war offensichtlich erfreut, dass er daran gedacht hatte, ein Geschenk zu besorgen. Sie hatte ihn so sehr unterstützt und er hoffte, dass er sie bald Julia vorstellen konnte. Er hatte das Gefühl, seine Schwester und Julia würden sich sehr gut verstehen. Umso wichtiger, ihr so schnell wie möglich zu sagen, was er und seine

Familie waren. Wenn der Schock erst einmal abgeklungen war, würde sie es hoffentlich als Zeichen betrachten, dass er es mit einer Beziehung ernst meinte.

Aber als er sich der Adresse nährte, die sie ihm gab und an die er die Orchidee schicken hat lassen, zögerte er. Er war fast zwei Stunden zu früh dran. Das war selbst für ihn lächerlich. Sie würde kaum von der Arbeit zurück sein, geschweige denn Zeit für ihn haben. Er ließ die Weinflasche im Auto, verstaute sie unter dem Sitz, damit sie nicht in der Sonne lag, und parkte das Auto ein paar Straßen von ihrem Haus entfernt. Dann beschloss er, am Strand spazieren zu gehen, um seine Nerven ein wenig zu beruhigen. Sie hatte ihm gesagt, das Beste an ihrer Wohnung sei der Strand, und er musste zugeben, dass es ein schöner Strand war. Natürlich nicht ganz so schön wie der Strand in der Nähe seines kleinen Häuschens, aber bei Sand, Sonne und dem Pazifischen Ozean konnte man nichts falsch machen.

Er zog seine Schuhe und Socken aus, trug sie in einer Hand und genoss das angenehme Gefühl von Sand zwischen seinen Zehen. So sehr er auch manchmal seine Drachengestalt vermisste, das Gefühl von Sand auf seiner weichen menschlichen Haut war etwas Wundervolles. Seine Drachenschuppen waren etwas Wertvolles, aber es gab Erfahrungen, die man besser in menschlicher Gestalt machte. Liebe machen war zum Beispiel etwas, zu dem der menschliche Körper viel besser geeignet war.

Er grinste vor sich hin und fühlte, wie die Sonne seine Haut wärmte, während er im Gedanken an die Zeit dachte, die er mit Julia verbracht hatte. Ja, die menschliche Haut hatte ihre Vorteile, und er hoffte, dass sie heute Abend etwas Zeit damit verbringen könnten, diese Vorteile gründlicher zu erforschen. Aber zu seiner Überraschung freute er sich auch darauf, sie einfach nur zu sehen und Zeit mit ihr zu verbringen. Er wollte wissen, wie ihre Woche gewesen war, wie es in der Arbeit lief und wohin sie an diesem Wochenende fahren würde. Den schönen Klang ihrer Stimme zu hören und das warme, magnetische Leuchten dieser tiefbraunen Augen auf sich gerichtet zu haben, wäre perfekt.

Er fragte sich, ob sie ihn in den letzten ein oder zwei Stunden kontaktiert hatte, und prüfte sein Handy. Sie hatte ihm eine kurze Nachricht geschickt, um ihn wissen zu lassen, dass sie jetzt von der Arbeit losfährt und sich darauf freute, ihn zu sehen. Er lächelte, es war ihm ein wenig peinlich, wie früh er aufgetaucht war, aber es war kein

Problem. Er wusste, wo ihre Wohnung war, und würde einfach auf den vereinbarten Zeitpunkt warten und dann pünktlich bei ihr anklopfen. Eigentlich war es ganz in der Nähe. Er drehte sich um, bis die Sonne auf seinen Rücken schien und er die paar Apartmenthäuser im Blick hatte, die er vom Strand aus sehen konnte.

Aber das war nicht alles, was er sehen konnte. Zu seiner Überraschung sah er in den Sanddünen eine Gestalt, die zum Strand hinunterging. Vielleicht ein Bewohner einer der Apartments, der am späten Nachmittag schwimmen ging? Wahrscheinlich sah er in seiner schwarzen Jeans und seinem lachsfarbenen Hemd ein bisschen albern aus, während er mit den Schuhen in der Hand am Strand stand. Aber als die Gestalt näher kam, wurden seine Augen größer und die Gedanken an sein Outfit verblassten.

Der Mann, der auf ihn zuging, war kein anderer als Zach, Julias aggressiver Kollege.

Was machte er hier? James spürte, wie sein Körper sich anspannte und die alte Magie sich zu regen begann. Es war niemand am Strand. Wie es aussah, war es kein beliebter Ort für Schwimmer. Wahrscheinlich wegen der felsigen Abschnitte der Küste. Außerdem trug Zach Bürokleidung und keine Badehose. Er musste also direkt von der Arbeit gekommen sein. Aber warum war er hergekommen? War er vielleicht zu Julia nach Hause gefahren? Versuchte er, das Date zu verhindern? James spürte, wie sich eine Wut in seinem Magen ausbreitete. Was auch immer es war, es überschritt damit eindeutig eine Grenze.

„Ich gebe dir noch eine Chance“, rief Zach ihm zu, als er sich ihm näherte. Sogar mit ein paar Metern Abstand konnte James den Zorn spüren, der in ihm kochte. „Lass Julia in Ruhe. Lösch ihre Nummer aus deinem Handy und vergiss, dass du sie jemals getroffen hast. Du weißt nicht, mit wem du dich hier einlässt, Kumpel.“

„Das wird nicht passieren“, sagte James ruhig und musste sich zurückhalten, um über die Drohungen des Typen nicht zu lachen. Wenn er nur wüsste, wen er hier wirklich bedrohte. Es spielte keine Rolle, wie viele Boxstunden er pro Woche absolvierte, denn eine menschliche Faust würde bei Drachenschuppen wahrscheinlich nicht viel Schaden anrichten. Trotzdem entschied James, dass es besser wäre, es zu klären, ohne die Gestalt zu wechseln und so weit wie möglich menschlich zu bleiben. Obwohl sonst niemand auf dem Stand zu sehen war, war es noch hell und Menschen mit Handys waren nie weit weg. Also erwiderte er nur Zachs Blick, hielt seine Schuhe immer noch in den Händen und trat der Bedrohung nicht entgegen, wich aber auch nicht zurück.

„Ich warne dich, du Dreckskerl“, knurrte Zach und trat ein paar Schritte näher. James runzelte die Stirn und kniff die Augen ein wenig zusammen, als der Typ immer näher kam. Was war mit seinen Augen los? Er hatte ihn ein paar Mal getroffen und erinnerte sich, dass er dunkle Augen hatte. Aber sie hatten etwas Merkwürdiges an sich. Sie schienen heute noch dunkler zu sein, fast schwarz. Und tief darin sah es so aus, als wären Funken von hellem orangenen Licht. Das konnte nicht sein.

Ein Grinsen breitete sich auf Zachs Gesicht aus, als er bemerkte, dass James seine seltsamen Augen musterte. „Ganz genau. Ich habe heute meine Kontaktlinsen rausgenommen. Wie ich schon sagte, du weißt nicht, womit du es zu tun hast.“

„Was bist du?“

James’ Gedanken rasten. Er erinnerte sich an die beiläufige Bemerkung von Daniel, dass es außer Wölfen noch andere Gestaltwandler gebe, und wünschte, er hätte ihm noch ein paar Fragen dazu gestellt. Nun hatte er es vor seinen Augen. Zach war nicht nur ein arroganter Mensch, er war ein Gestaltwandler. Aber er war kein Wolf. Wölfe hatten silberne Augen und eine unverwechselbare Energie. Dieser Typ war etwas ganz anderes.

„Dein schlimmster Albtraum“, knurrte Zach. Dann schlug er mit der Faust auf ihn ein.

Ohne darüber nachzudenken, hob er die Hand, um den Schlag abzuwehren. Es überraschte Zach und James konnte sehen, wie die Funken in den Tiefen seiner Augen brannten. Gott, was war das? James zerbrach sich den Kopf und versuchte sich zu erinnern, ob er so etwas schon einmal gesehen hatte, aber es fiel ihm nichts dazu ein.

„Du bist ein Gestaltwandler“, sagte er schnell. Zach hatte seine Fäuste bereits wieder einsatzbereit, um auf ihn einzuschlagen, aber erstarrte auf der Stelle mit einem schockierten Ausdruck auf dem Gesicht. Interessant. Also hatte er nicht gemerkt, was James war. Anscheinend hatten beide angenommen, dass der andere ein Mensch wäre. „Welche Art?“

„Woher zum Teufel weißt du das?", fragte Zach und kniff die Augen zusammen. „Es spielt keine Rolle. Ich werde dich fertigmachen und dich dann als Fischfutter in den Ozean schmeißen."

„Das würde ich nicht tun", sagte James schlicht. „Du hast noch eine Chance, es dir anders zu überlegen."

Es war jedoch klar, dass Zach nicht daran interessiert war, dieses Angebot anzunehmen. Ein tiefes Knurren löste sich aus seiner Kehle und als James es hörte, verzerrte sich das Geräusch, als sich der Körper des Mannes verwandelte. Dickes schwarzes Fell breitete sich über seinen Körper aus und bedeckte seine Kleidung und seine Haut. Auch sein Gesicht veränderte sich, als er auf allen vieren in den Sand fiel. Dort, wo vor ein paar Sekunden noch Zach gestanden hatte, befand sich jetzt eine riesige schwarze Katze.

„Ein Panther?", flüsterte James. Es ergab Sinn. Er erinnerte sich an ein paar Gerüchte, die er vor langer Zeit gehört hatte. Panther waren mächtige Gestaltwandler und in der Unterwelt als Schläger und Killer sehr gefragt. Sie waren berühmt dafür, starke Kämpfer mit einer langen Lebensdauer zu sein. Nicht so lange wie die eines Drachen, aber viel länger als die eines Wolfes oder eines Menschen. Aber James hatte noch nie einen getroffen, egal in welcher Gestalt.

Bis jetzt.

Der Panther brüllte so laut, dass das Geräusch den Strand hinauf hallte. James führte einige Berechnungen durch und blickte schnell auf und ab. Der Strand war menschenleer, aber es würde nicht lange so bleiben. Er musste sich schnell verwandeln. Es gab keine Möglichkeit, eine Kreatur wie diese in seiner menschlichen Gestalt zu bezwingen, denn sie war riesig und viel größer als ein gewöhnlicher Panther. Außerdem konnte er anhand des mörderischen Funkelns in diesen dunklen Augen erkennen, dass er nicht vorhatte, sanft mit ihm umzugehen. Aber egal wie groß oder stark er war, er war kein Gegner für seine wahre Form.

James schloss die Augen und betete, dass der Strand lange genug leer bleiben würde, um das hier zu erledigen. Dann verwandelte er sich.

Der Panther schreckte eindeutig entsetzt vor dem Anblick zurück. James riss sein Maul weit auf und zeigte eine Reihe scharfer, glänzender Zähne. Er breitete seine Flügel aus, warf einen Schatten auf den Panther und knurrte eine Warnung. Nicht sein übliches Gebrüll, aber dennoch laut genug, um den Panther zurückzuschrecken. Er stürzte sich nach vorne und schüttelte den Kopf. Der Panther schlug mit einer Pfote auf seine Schnauze ein und versetzte ihm einen kräftigen Schlag, aber seine Schuppen waren zu dick und der Schlag konnte somit keinen Schaden anrichten. Der Panther wusste das. Trotzdem duckte es sich mit erschreckender Geschwindigkeit und stürzte in dem Versuch vorwärts, ihm in die Kehle zu beißen. Er hob ein Vorderbein und verpasste dem Panther mit seinen messerscharfen Krallen einen Schlag an die Schulter. Dieser taumelte schreiend vor Schmerzen zurück und er sah, wie sich Blut auf dem Sand verteilte. Es war kein tödlicher Schlag, aber einer, der zeigen würde, dass er es ernst meinte.

Und dann war der Kampf vorbei. Der Panther war verschwunden und Zach tauchte an seiner Stelle auf und atmete schwer. Seine linke Hand legte sich über seine rechte Schulter, wo ein wenig Blut hervorquoll. James hatte erwartet, Zorn im Gesicht des Mannes zu sehen, aber alles, was er sah, war pure Angst. Er stolperte rückwärts den Strand hinauf, rannte los und warf einen entsetzten Blick über die Schulter auf den fünf Meter großen Drachen, den er bedroht hatte. Amüsiert sah James ihm hinterher. Die Verletzung war nicht schlimm, schon gar nicht in seiner menschlichen Gestalt, wo sie schnell heilen würden. Aber er vermutete, dass er nicht mehr versuchen würde, James und Julias Beziehung kaputtzumachen.

Er verwandelte sich zurück, aber war dann vor Schreck wie gelähmt.

Dort, dreißig Meter entfernt am Fuße der Sanddünen, stand Julia. Und ihrem Gesichtsausdruck nach zu urteilen, hatte sie alles gesehen.

Kapitel 12 - Julia

Dieser Donnerstag fühlte sich an, als würde er mit der Geschwindigkeit eines Gletschers dahinkriechen. Die Arbeit war in den letzten Tagen ausgesprochen unangenehm gewesen. Seit sie vor Zach explodiert war, hatte er nicht mehr mit ihr gesprochen, was eigentlich ideal gewesen wäre, wenn sie nicht gewusst hätte, dass sie das ganze Wochenende mit ihm verbringen musste. Sie war sehr kurz davor, Rowena alles zu erzählen, aber wann immer sie die Frau sah, wirkte sie so gestresst, dass sie sich nicht dazu überwinden konnte, ihr noch mehr aufzuhalsen.

Aber sie würde James heute Abend sehen, was der einzige Lichtblick in einem Ozean der Dunkelheit war. James zu sehen, würde alles besser machen. Vielleicht würde er einen Rat haben, wie sie mit Zach umgehen sollte. Schließlich hatte er die Situation im Restaurant unglaublich gut gemeistert, als sie ihn getroffen hatten. Sie grinste bei dem Gedanken und arbeitete an dem endgültigen Entwurf der Präsentation weiter. Zach hatte ausgesehen, als hätte man ihm eine Backpfeife verpasst. Er war völlig schockiert darüber, wie er ihn abgewimmelt hatte. Wenn sie James nur jeden Tag mit ins Büro nehmen könnte…

Sie freute sich auf das Abendessen. Aber sie freute sich auch darauf, James von ihrem Sohn zu erzählen. Es behagte ihr überhaupt nicht, nichts über Riley mit ihm teilen zu können. Jedes Mal, wenn sie ihm eine Nachricht schrieb, fühlte es sich an, als würde sie ihm nur die Hälfte von sich zeigen. Sie wollte, dass er alles über sie wusste. Sie hatte bereits entschieden, dass sie ihm nicht sagen würde, dass Riley sein Sohn war.

Jedenfalls noch nicht. Es wäre am besten, wenn er ihn zumindest für eine Weile nicht kennenlernen würde. Nicht weil sie James nicht vertraute, ganz im Gegenteil. Sie würde es lieben, wenn Riley ein männliches Vorbild wie James in seinem Leben hätte. Jemanden, der männlich und stark ist, aber dennoch freundlich und fürsorglich. Aber sie wusste, dass in dem Moment, in dem James Riley traf und diese Augen sah, er sicher eins und eins zusammenzählen würde, besonders angesichts des Zeitpunkts ihrer ersten gemeinsamen Nacht.

Sie würde sich damit zu einem Zeitpunkt auseinandersetzen, an dem sie es für richtig hielt. Heute Abend würde sie ihm von Riley erzählen und sehen, wie er darauf reagierte. Dann, vielleicht ein paar Tage später, würde sie die beiden vorstellen, vorausgesetzt, dass bis dahin alles gut lief. Und wenn nicht, dann ist zumindest kein Schaden entstanden. Es konnte schließlich sein, dass James nichts mit einer Frau zu tun haben wollte, die ein Kind hat. Es wäre durchaus verständlich, wenn er die Dinge heute Abend mit ihr beendete, wenn er nicht in das Leben ihres Sohnes involviert sein wollte. Aber der Gedanke, dass ihre Beziehung so bald enden würde, verursachte einen Schmerz in ihrer Brust. Was auch immer seine Entscheidung sein würde, sie würde sie respektieren. Aber tief in ihrem Herzen hoffte sie verzweifelt, dass es für ihn in Ordnung sein würde.

Als der Arbeitstag endlich um war, machte sie sich schnell auf den Weg, aber nicht schnell genug, um Zach zu entkommen, der bei der Tür auf sie lauerte und einen ungewöhnlich finsteren Ausdruck auf seinem normalerweise aggressiv lächelnden Gesicht hatte.

„Ich werde dich morgen früh abholen, um zum Flughafen zu fahren", sagte er mit einem entschlossenen Blick.

„Nein, danke", sagte sie schnell. Wenn alles gut lief, wollte sie, dass James die Nacht bei ihr verbrachte, und sie war nicht an einer weiteren Konfrontation interessiert. „Ich werde dich dort treffen. Der Flug ist nicht vor zwölf, also ..."

„Was ist los? Hast du wieder ein Date mit diesem Dreckskerl?" Die Art, wie er das sagte, war etwas zu direkt, und sie hatte den schrecklichen Verdacht, dass er es irgendwie herausgefunden hatte. Könnte er ihr Handy überprüft haben, während sie auf Toilette war? Sie hatte es auf ihrem Schreibtisch liegen lassen. Vielleicht kannte er ihren Pin? Sie bekam eine Gänsehaut.

„Das geht dich nichts an", schnappte sie. „Wir sehen uns am Flughafen, okay, Zach?"

„Okay", rief er ihr nach, als sie die Treppe zum Parkplatz hinunterging. „Ich passe nur auf dich auf, Jule. Das wirst du bald erkennen."

Gott, sie hasste ihn. Aber als sie einmal in ihrem Auto und auf der Straße war, fühlte sie sich viel besser. Sie schaffte es schnell zur Kindertagesstätte, wo Riley sich freute, sie zu sehen, und ignorierte Sues ernsten Blick. Das ärztliche Attest tat immer noch seine Wirkung, damit sie Riley in der Kindertagesstätte behalten konnte, obwohl sie vermutete, dass Sue nach anderen Gründen suchen würde, um ihren Sohn loszuwerden. Julia ging mit ihrem Sohn in den Armen zurück zum Auto. Jane würde ihn dann später bei ihr zu Hause abholen. Es gab eine spannende Ausstellung im Stadtmuseum, zu der sie mit ihm gehen würde. Er hatte die ganze Woche nicht aufgehört, darüber zu plappern.

„Freust du dich auf das Museum, mein Kleiner?"

„Ja!", sagte er mit seiner piepsigen Stimme und seine ozeanblauen Augen wurden vor Aufregung groß. Sie grinste vor sich hin und bog in die Auffahrt zu ihrem Wohnblock ein. Es war ein schöner Abend. Ihr Sohn war glücklich und sie hatte ein Date mit einem hinreißenden Mann geplant. Könnte das Leben schöner sein?

Als Jane eintraf, hatte sie sich bereits umgezogen und ihre Mutter pfiff anerkennend, als sie das Kleid sah, und bat sie, sich zu drehen. „Wo hattest du das versteckt?"

„Im Vor-dem-Baby-Koffer", sagte sie trocken und grinste. „Ich habe ein Dutzend Kleider, in die ich gerade erst wieder hineinpasse."

Jane kicherte. „Also wenn es mit diesem Kerl gut läuft, musst du sie vielleicht bald wieder in diesen Koffer packen."

„Mama! Es ist unser zweites Date!"

„Ich sag ja nur! Ich wünschte immer, ich hätte mehrere wie dich gehabt."

„Er weiß noch nicht mal etwas von Riley, Mom, du bist ein wenig voreilig." Jane hob eine Augenbraue. „Ich werde es ihm heute Abend sagen."

„Gute Idee", sagte Jane und sah ein wenig erleichtert aus. „Je früher er es weiß, desto besser. Männer können ein bisschen seltsam sein, wenn es darum geht, mit alleinerziehenden Müttern auszugehen. Glaubst du, es wird okay für ihn sein?“

„Er ist ein netter Kerl“, sagte Julia und zuckte mit den Schultern. „Ich meine, ich kenne ihn noch nicht lange, also weiß ich es nicht. Vielleicht nicht. Aber wie du gesagt hast, ist es besser, es jetzt herauszufinden, als erst dann, wenn es ernst wird.“ Sie fühlte sich ein wenig schuldig. So sehr sie sich auch dagegen wehrte, waren ihre Gefühle für James jetzt schon viel intensiver, als es wahrscheinlich gut war, aber wie sollte sie kontrollieren, was sie für jemandem empfand, der so wunderbar, nett und fürsorglich war? Ganz zu schweigen davon, wie unglaublich heiß er war.

„Neue Pflanze?“ Janes Augen hatten die Orchidee entdeckt. Sie nickte und sah zu, wie ihre Mutter zu dem Topf ging, um sie näher zu untersuchen. „Schön! Es ist eine wunderschöne Pflanze. Ist sie ein Geschenk von diesem Mann?“

„Ja. Er hat sie mir nach unserem ersten Date geschickt.“

„Hast du ihm gesagt, dass du keine Schnittblumen magst?“

„Nein, eben nicht!“

„Beeindruckend“, sagte Jane nachdenklich und sah sich die Orchidee genau an. „Er ist ein Guter, denke ich. Das hier ist eine sehr schöne Art.“

„Klar, dass man dich mit der richtigen Auswahl von Blumen überzeugt“, sagte Julia und verdrehte die Augen. „Noch irgendein Rat?“

„Oh, sei einfach du selbst, Schatz.“

„Ich meinte wegen der Pflanze.“

„Oh. Viel Wasser! Diese Art gedeiht am besten in feuchten Gebieten und braucht einen speziellen Dünger. Ich werde nächstes Mal einen mitbringen.“

„Danke, Mom. Für alles“, fügte sie ernst hinzu und umarmte ihre Mutter mit einem Arm, als sie bei der Blume stand. „Ohne dich hätte ich nichts davon geschafft.“

„Es ist mir ein Vergnügen, mein Schatz. Jetzt machen sich dieser kleine Kerl und ich besser auf den Weg, wenn wir uns noch vor Schlafenszeit alles im Museum anschauen wollen.“

„Er wird nicht müde werden, wenn es Pflanzen zum Anschauen gibt“, lachte Julia. „Ich bringe euch hinaus.“

Als sie auf der anderen Straßenseite waren, wo Jane ihr Auto geparkt hatte, drang ein komisches Geräusch in ihre Ohren, eine Art grollendes Brüllen, das vom Strand zu kommen schien. Jane hörte es auch. Sie runzelte die Stirn und sah zu den Sanddünen. „Was um alles in der Welt war das? Es klang wie ein Berglöwe."

„Ein Berglöwe, der am Strand lebt?" Und wieder hörten sie dieses Geräusch, nur dieses Mal war es lauter, gefolgt von einem Knurren. „Was zum Teufel? Ich werde nachsehen, was es ist."

„Ich bringe Riley wieder hinein", sagte Jane und runzelte die Stirn. „Du kommst sofort zurück, wenn es gefährlich ist, okay? Wir rufen den Tierschutz vom Haus aus an."

Riley protestierte heftig. Die Geräusche hatten seine Aufmerksamkeit eindeutig erregt, ebenso wie die Vorstellung, dass sie zu einem seltenen Tier gehören könnten, das er zuvor noch nie aus der Nähe gesehen hatte. Aber Jane trug ihn mit Julias Schlüssel in der Hand entschlossen zurück ins Apartment. Julia drehte sich mit dem Handy in der Tasche um und runzelte die Stirn, als ein weiteres Geräusch vom Strand zu hören war. Dieses war anders. Es klang nicht wie ein Berglöwe, aber auch nicht wie irgendetwas anderes, das sie jemals gesehen hatte. Sie ging vorsichtig zu den Sanddünen und fühlte, wie der Sand an ihren Füßen durch die Flip-Flops rieb, die sie angezogen hatte, um ihre Mutter und Riley zum Auto zu begleiten. Was würde sie vorfinden, wenn sie den Strand erreichte?

Der Strand war wie immer menschenleer. Es war kein großartiger Ort zum Schwimmen. Es waren zu viele Felsen im Wasser, was zusammen mit den heftigen Wellen des Pazifischen Ozeans eine schlechte Kombination ergab. Deshalb war es normalerweise ziemlich leer hier. Aber heute nicht. Dort, nur ein paar hundert Meter von ihr entfernt, direkt über der Flutmarkierung, stand ... Julia blinzelte und rieb sich die Augen. Spielte die Sonne ihr einen Streich? Sie sah eine dunkle Gestalt, die sich aus dem Sand hervorhob. Sie war vierbeinig und irgendwie katzenartig. Könnte ihre Mutter recht gehabt haben und es war tatsächlich ein Berglöwe?

Aber es war das, was hinter der katzenartigen Gestalt stand, was sie wirklich schockierte. Es war riesig, circa fünf oder sechs Meter hoch, eine Art große, blau melierte eidechsenartige Kreatur mit einem riesigen Maul voll messerscharfer Zähne. Es schien, als würde sich die Katze gegen diese Kreatur stellen, und trotz ihres Schocks erkannte sie, dass es sich hier um eine Konfrontation handelte. Während sie zusah, schien die eidechsenähnliche Kreatur immer größer zu werden. Sie hielt sich erschrocken den Mund zu, als sie zwei riesige Flügel sah, die aus seinen Schultern ragten. Sie konnte es nicht länger verleugnen. Es war ein Drache. Ein echter Drache, der hier am Strand stand. Verstört suchte sie schnell den Strand ab. Sie war überzeugt, dass sie Zeugin von Dreharbeiten eines Films wurde. Aber sie fand nichts, keine Kameras, kein Team, kein Zeichen von irgendjemandem, sondern nur diese beiden Tiere, die sich aggressiv gegenüberstanden.

Sie weigerte sich, es als Drache zu bezeichnen, denn so etwas gab es nicht. War diese Kreatur vielleicht aus dem Meer aufgetaucht? War es eine Art schuppiger Dinosaurier? Ein Relikt der Vorzeit, das nicht mit den anderen Dinosauriern ausgestorben war? Wie war dieser Panther hierhergekommen und warum wollten sie kämpfen? Sie schnappte nach Luft, als die Eidechse mit einem Vorderbein ausholte und die Katze schlug. Selbst von der Stelle, an der sie stand, konnte sie leuchtend rotes Blut auf den harten, nassen Sand spritzen sehen.

Und dann, gerade als sie sich mit dem, was sie sah, abzufinden begann, kam etwas Neues dazu, das sie zutiefst schockierte. Die schwarze Katze, der Berglöwe, Puma oder Panther, was auch immer es war, stolperte und sein Körper wandte sich zuckend. Was stimmte mit ihm nicht? Hatte die Echsenkreatur ihn irgendwie vergiftet? Er sah aus, als hätte er Muskelkrämpfe, aber plötzlich verschwand das schwarze Fell und wurde durch etwas ersetzt, was aussah wie Kleidung … Bürokleidung. So etwas, was die Jungs im Büro trugen. Der Panther war plötzlich verschwunden und an seiner Stelle stand die Gestalt eines menschlichen Mannes. Sie blinzelte heftig und versuchte, das grelle Licht der Sonne von ihren Augen abzuschirmen. Sie wagte es kaum, zu glauben, was sie gerade gesehen hatte. Hatte sich diese Katze, dieses riesige wilde Tier, gerade in einen Menschen verwandelt?

Sie hielt ihr Handy in der Hand, da sie vorgehabt hatte, den Tierschutz anzurufen, wenn es notwendig werden würde. Aber wie nannte man den Tierschutz für einen Menschen? Die Echsenkreatur, die ihr Verstand einen Drachen nennen wollte, was sie aber nicht zuließ, starrte den Menschen an und war offensichtlich immer noch bereit, zu kämpfen. Seine Flügel bewegten sich und blockierten die Sonne vor ihren

Augen. Eine weitere Welle des Schocks überkam sie. Sie konnte das Gesicht des Menschen jetzt deutlich sehen und die Vertrautheit seiner Kleidung ergab plötzlich Sinn. Das war Zach. Sie würde sein Gesicht überall erkennen, es hatte sie schließlich lange genug bei der Arbeit genervt. Aber er sah erschrocken aus und gab nicht sein übliches, egoistisches Bild ab. Er hielt seinen Arm fest und starrte die Eidechse ängstlich an. Julia trat ein paar Schritte vor, da sie trotz der Geschehnisse fasziniert war, aber noch bevor er sie sehen konnte, drehte sich Zack um und rannte den Strand entlang.

Was zum Teufel machte er hier? Und was zur Hölle hatte der ganze Katzenspuk zu bedeuten? Wäre nicht die riesige Eidechse, die immer noch da stand, wäre sie überzeugt, dass sie das ganze Schauspiel nur geträumt hatte, aber nein. Es war wirklich ein riesiger Panther am Strand, der sich dann in ihren Arbeitskollegen verwandelt hatte. Julias Kopf drehte sich, aber ihr stand noch eine weitere Überraschung bevor. Sie starrte die Eidechse an, die sich nun genau so, wie der Panther es zuvor getan hatte, zu verwandeln begann. Und bevor sie sich versah, war die Verwandlung abgeschlossen, und vor ihr stand ein Mensch. Und dieser war ihr ebenfalls vertraut.

„James?“, flüsterte sie, aber der Wind fegte ihre Stimme weg. Sie wollte es nicht glauben, aber da stand er schön gekleidet im Wind, der mit seinen dunklen Haaren spielte. Er hatte sie bereits gesehen. Sie konnte einen erschrockenen Ausdruck auf seinem Gesicht erkennen. Dann ging er mit großen Schritten auf sie zu. Er war offensichtlich darauf bedacht, schnell bei ihr zu sein. Sie trat ein paar Schritte zurück und war unbeschreiblich schockiert. Was zum Teufel war los? Was war das eben für eine Freakshow gewesen?

„Julia“, keuchte er, als er sie erreichte. „Wie viel hast du gesehen?“

„Genug“, sagte sie verständnislos und ihre Gedanken drehten sich im Kreis. „Was zum Teufel war das für eine Zirkusnummer?“

„Ich wollte es dir sagen“, sagte er schnell mit leiser, aber ernster Stimme, als er ihre Hände in seine nahm. Selbst wenn sie vor Schreck taumelte, war die Wärme seiner Hände beruhigend. Sie drückte sie und versuchte, Halt zu finden, als sie in diese vertrauten blauen Augen blickte. „Ich wollte es dir sagen, aber ich wusste nicht, wie. Ich wusste nicht, ob ich es könnte, ich ...“

„Was habe ich gerade gesehen?“

„Julia, ich bin ein Drache. Ich wünschte, ich hätte es dir anders sagen können, aber …“

„Ich hätte es dir nicht geglaubt“, sagte sie verständnislos. „Ehrlich gesagt, tue ich es immer noch nicht. Was meinst du mit ‚du bist ein Drache‘? Du bist ein Mensch. Du stehst vor mir.“

„Ich bin ein Mensch, aber ich bin auch ein Drache. Drachen sind auch Menschen“, sagte er mit einem Lächeln auf den Lippen. „Meine ganze Familie besteht aus Drachen.“

„Heilige Scheiße.“ Es fühlte sich an, als würde sich ein Puzzle zusammenfügen. Ihre Gedanken rasten und sie starrte ihn an. „James.“

„Du wirst wahrscheinlich viele Fragen haben.“

„Nur zwei“, sagte sie mit klopfendem Herzen. „Du bist ein Drache, der sich in einen Menschen verwandeln kann. Ist es genetisch bedingt oder wird es übertragen, indem man jemanden beißt, so wie bei Vampiren oder Werwölfen?“

Er sah verwirrt aus. „Vampire sind nicht echt. Meine Eltern waren Drachen, daher bin auch ich ein Drache.“

„Okay, verstehe. Und haben Drachen eine höhere Körpertemperatur als Menschen?“

Völlig verblüfft starrte er sie an. „Das ist deine zweite Frage?“

„Bitte beantworte sie einfach.“

„Ja, eigentlich schon. Es sind nur ein paar Grad, aber ...“ Er runzelte die Stirn und seine blauen Augen hatten einen verwirrten Ausdruck. „Was ist los, Julia?“

Sie holte tief Luft. „Okay, James. Du bist nicht der Einzige, der etwas verheimlich hat.“ Sie lächelte ein wenig. „Es gibt jemanden, den ich dir vorstellen möchte.“

Kapitel 13 - James

James folgte Julia den Strand entlang durch die Sanddünen, während seine Gedanken rasten. Sie war weder sauer auf ihn, weil er sie angelogen hatte, noch war sie entsetzt vor ihm zurückgeschreckt, weil sie seine wahre Gestalt gesehen hatte. Sie war ein wenig erschüttert, aber insgesamt hatte sie es sehr gut aufgenommen, zumindest hatte er den Eindruck. Eine sehr spezifische Befragung über die Anatomie der Drachen war nicht genau das, was er erwartet hatte. Aber er vermutete, dass es besser war, als angeschrien zu werden und sie davonlaufen zu sehen. Und sie hatte ihm überhaupt keine Fragen zu ihrem Kollegen gestellt. Wie konnte das sein? Er nahm an, dass er sich einfach nur glücklich schätzen sollte, dass sie nicht mit Entsetzen reagiert hatte, aber dennoch konnte er spüren, wie seine Angst zunahm, als sie ihn zu ihrer Wohnung führte.

Sie gingen die Treppe hoch. Dann drehte sie sich mit einem seltsamen Ausdruck auf ihrem Gesicht zu ihm um, sagte aber nichts. Stattdessen stieß sie einfach die Tür auf und führte ihn hinein.

„Julia? Hast du herausgefunden, was diese Geräusche waren? Oh! Hallo! Du musst James sein.“

Im Wohnzimmer stand eine menschliche Frau mittleren Alters. Sie sah ein wenig wie Julia aus und hatte das gleiche hellblonde Haar, obwohl es ihr fast bis zur Taille reichte, und die gleichen dunkelbraunen Augen, die ein paar mehr Falten zierten als die von Julia. Die Frau sah ihn genau an und ihr prüfender Blick bestätigte, was er dachte. Das war Julias Mutter. Sie stellte ihn jetzt schon ihrer Mutter vor? Warum?

„Mama, das ist James. James, das ist meine Mutter, Jane."

„Sind wir nicht ein lustiges kleines Trio von J-Namen?", fragte Jane, aber er merkte, dass sie abgelenkt war. Sie warf einen Blick auf Julia und dann in Richtung Küche. Er konnte nicht anders, als ihrem Blick zu folgen. Neben dem Kühlschrank stand ein kleines Kind. Er hatte ein bisschen Zeit mit Kleinkindern verbracht. Sein Freund Lachlan hatte eine Tochter, die gerade vier geworden war, und der Junge, den er gerade ansah, musste um die drei Jahre alt sein. Aber das war es nicht, was ihn an dem Kind zuerst auffiel. Was ihm auffiel, waren diese beiden riesigen blauen Augen in seinem Gesicht. Diese großen, neugierigen und zutiefst vertrauten Augen.

„Das ist Riley", sagte Julia leise. Er konnte sie kaum hören, so geschockt war er von dem Kind, das vor ihm stand. „Mein Sohn."

„Nun", sagte Jane und wirkte ein wenig nervös. „Ich werde mir meine Nase pudern gehen, lasst euch von mir nicht stören." Die ältere Frau verschwand im Schlafzimmer, schloss die Tür und ließ James und Julia alleine. Er starrte sie an, völlig unfähig, sein schockiertes Gesicht zu verbergen.

„Dein Sohn?"

„Ja", sagte sie. „Ich wollte dir heute Abend von ihm erzählen. Aber ich denke, es ist besser, wenn du ihn persönlich kennenlernst. Nicht wahr?"

„Hey, Kumpel", sagte James leise und ließ sich instinktiv in die Hocke fallen, um mit dem kleinen Jungen auf Augenhöhe zu sein. Riley musterte ihn genau und näherte sich dann vorsichtig mit einem nachdenklichen Gesichtsausdruck. Er war so anders als Delilah, dachte James amüsiert. Lachlans Teufel von einer Tochter würde bereits auf ihrem neuen Freund rumklettern. Dieser kleine Kerl war viel zurückhaltender, aber in seinen Augen lag eine leise Intelligenz. James hatte das starke Gefühl, gerade beurteilt zu werden. „Schön, dich kennenzulernen."

Es gab eine Frage, die unbedingt aus ihm herauswollte, aber er hatte keine Ahnung, wie er sie stellen sollte. Eine Frage, die viel mit den Fragen zu tun hatte, die Julia gestellt hatte, als sie von seiner wahren, ursprünglichen Gestalt erfahren hatte. Eine Frage, die mit dem Alter des Kindes und der Zeitspanne zu tun hatte, die seit seiner und Julias ersten Nacht vergangen war. Eine Frage, die an diesen ozeanblauen Augen hing.

Mit pochendem Herzen sah er zu Julia auf und öffnete seinen Mund, aber bevor er überhaupt etwas sagen konnte, nickte sie mit Tränen in ihren Augen.

„Ich wollte es dir sagen", sagte sie leise und er hörte, wie ihre Stimme zitterte. „In dem Moment, als ich dich in diesem Klub gesehen habe, wollte ich es dir sagen. Aber ich konnte nicht. Ich konnte nicht einfach so damit herausplatzen."

„Ich habe meine Nummer nicht hinterlassen", sagte er schwach, während seine Gedanken rasten. „Du konntest mich nicht anrufen. Aber wie? Wir waren ..." Er zögerte und war völlig hin- und hergerissen. „Nicht, dass ich mich nicht darüber freuen würde, aber wir waren so vorsichtig!"

Plötzlich musste sie lachen. „Ja. Er war eine Überraschung, so viel ist sicher."

„Er war ein Wunder", sagte James leise. Er wusste kaum, wo er hinschauen sollte. Alles in ihm wollte Riley ansehen, mit ihm reden, ihn festhalten und alles über seinen Sohn erfahren, aber gleichzeitig wollte er verzweifelt ungefähr vierzig Stunden lang mit Julia sprechen. „Julia, ich kann es nicht glauben."

„Ich weiß, dass es ein bisschen viel auf einmal ist", sagte Julia leise. „Ich wollte es dir erst später sagen. Viel später. Sobald wir uns besser kennen würden und ich die Chance gehabt hätte …"

„Herauszufinden, ob ich gut genug bin, um eine Rolle in seinem Leben zu spielen", sagte James schlicht. Sie sah überrascht aus, aber nickte zögernd. „Das ist verständlich, mehr als verständlich. Mensch, Julia, ich wünschte ..." Er lachte und fuhr sich überwältigt mit den Händen übers Gesicht. „Ich wünschte, ich hätte dir damals meine Nummer hinterlassen!"

„Ich auch", grinste sie und wischte sich die Tränen aus den Augen. „Gott. Ich war so besorgt, dass du wütend darüber sein würdest, oder …"

„Wütend? Julia, er ist unglaublich."

„Riley? Das ist James", sagte Julia und hob den Jungen in ihre Arme, wo er sich an sie drückte und den Neuankömmling immer noch neugierig ansah. „Er ist …" Sie zögerte. „Er hat uns die Orchidee geschickt."

Sein kleines Gesicht leuchtete auf. „Orchidee!"

„Sein neues Lieblingswort", sagte Julia trocken. „Er liebt Pflanzen, Tiere, den Strand, den Wald und alles, was im Entferntesten mit Natur zu tun hat, ist sein liebster Ort auf der Welt."

„Ganz genau wie ich, kleiner Mann", sagte James grinsend. „Es würde dir bei mir zu Hause gefallen."

„Gibt es da mehr Orchideen?"

Julia kicherte. „Er ist ein ruhiger kleiner Kerl, es sei denn, du erwähnst Pflanzen. Dann spricht er auf einmal ganze Sätze."

„Julia ..." Er zögerte. „Warum hast du mich nach meiner Temperatur gefragt?"

„Er wird immer wieder von der Kindertagesstätte nach Hause geschickt", sagte sie leise und sah ihn an. „Sie denken, er hat Fieber, aber er ist so gesund und glücklich wie alle anderen Kinder. Er hat die ganze Zeit ein paar Grad über dem Normalwert. Bedeutet das ..." Sie holte tief Luft. „Bedeutet das, dass er so ist wie du?"

Er konnte fühlen, wie sein Herz klopfte. „Vielleicht", sagte er leise. „Ehrlich gesagt, weiß ich es nicht. Wir wissen nicht viel darüber, was passiert, wenn Drachen und Menschen gemeinsam Kinder haben. Mein Freund Lachlan hat eine Tochter, deren Mutter ein Mensch ist. Wir wissen bei ihr auch noch nichts Genaueres."

„Wie werden wir es herausfinden? Wird er einfach …" Sie deutete mit ihrer freien Hand auf ihn. „Einfach eines Tages …"

Er biss sich auf die Lippe. „Möglicherweise. Er hat meine Augen. Jeder in meiner Familie hat diese Augen. Jedenfalls alle Drachen", korrigierte er sich und dachte an die kleine Delilah, die die ozeanblauen Augen ihres Vaters nicht geerbt hatte. „Wir werden es herausfinden. Versprochen."

„Wir?", fragte Julia zögernd und sah zu ihm auf, als hätte sie Angst, weiterzusprechen.

„Wir", sagte er entschlossen. „Natürlich wir. Glaubst du wirklich, ich werde einfach wieder verschwinden, jetzt, wo ich das alles weiß? Julia …" Er holte tief Luft. Zum Teufel damit, es langsam anzugehen, das hatte sich schon vor einer halben Stunde erledigt, als sie ihn in seiner Drachengestalt gesehen hatte. „Julia, ich habe dich seit fast vier Jahren gesucht. Seit wir uns kennengelernt haben, konnte ich dich nicht aus meinem Kopf bekommen. Wir sind dazu bestimmt, zusammen zu sein. Es tut mir leid, wenn das alles sehr viel ist, aber ich glaube, dass es so ist.

Ich habe früher nie daran geglaubt, aber ich denke, du bist meine Seelengefährtin.“

Es lag eine unheimliche Stille zwischen ihnen. Er biss sich auf die Lippe und weigerte sich, sich für die Verwendung dieses Wortes zu schämen. Nichts, was er gesagt hatte, war unehrlich. Im Gegenteil, er war noch nie so ehrlich und hatte sich noch nie so verletzlich gefühlt. Julia sah ihn an und das Lächeln auf ihrem Gesicht war das Schönste, was er jemals gesehen hatte.

„Aber ...“ Er zögerte. „Ich weiß, es ist, ich meine, du hast eine Menge mit mir zu verdauen. Ich bin ein Drache. Wirst du damit zurechtkommen?“

Sie sah nachdenklich aus. „Weißt du, als ich ein Kind war, habe ich diese Geschichten über Prinzessinnen und Drachen geliebt. Aber ich habe mich immer gefragt, warum der Drache der Böse sein musste. Ich hätte nie gedacht, dass ich tatsächlich einen treffen und ihn fragen würde.“

Er lachte. „Darauf habe ich leider keine Antwort, aber ich habe noch nie eine Prinzessin entführt, wenn dir das irgendwie weiterhilft.“ Er zögerte. „Aber es gibt eine Menge, was ich dir über uns erzählen muss, und es muss zwischen uns bleiben. Es tut mir leid, aber wenn die menschliche Welt von uns erfahren würde …“

„Ich verstehe“, sagte sie leise. „Ich kann ein Geheimnis für mich behalten.“ Sie grinste ein wenig reumütig. „Und meine Mutter auch. Sorry, James. Aber die Wände in dieser Wohnung sind dünn wie Papier und wenn meine Mutter nicht an der Tür gelauscht hat, fresse ich einen Besen.“

Wie auf ein Stichwort knarrte die Schlafzimmertür. Jane stand da und sah verlegen aus, aber in ihren Augen war immer noch Freude zu sehen. James erstarrte. Wie sollte er damit jetzt umgehen?

„Ach, schau nicht so erschrocken“, lachte Jane. „Hör zu, ich bin ein alter Hippie, James. Ich habe in meinen jüngeren Tagen mehr verrückte Dinge gesehen, als du dir jemals vorstellen kannst. Ich habe auch gesehen, wie sich ein Mann in einen Drachen verwandelt hat, aber dachte immer, es hätte etwas mit den Chemikalien in meinem Körper zu tun gehabt. Jetzt weiß ich, dass dies nicht der Fall war. Noch ein Rätsel gelöst.“ Sie grinste ihn an. „Dein Geheimnis ist bei mir sicher. Aber wenn du deine Schwiegermutter eines Tages mit auf einen Flug nehmen möchtest …"

„Mom!" Julia sah entsetzt aus. „Raus hier …"

„Ich geh ja schon", lachte Jane und ging hinüber, um ihrer Tochter Riley abzunehmen. „Wir gehen ins Museum. Was für ein aufregender Nachmittag."

„Tschüss, James", sagte Riley ernst. Er winkte dem kleinen Jungen zu und dann blieben nur noch er und Julia allein in ihrem Apartment zurück. Sie fuhr sich mit einer Hand durch ihr kurzes blondes Haar und sah erschöpft aus. Er konnte nicht anders, als zu lachen.

„Es tut mir so leid wegen meiner Mutter."

„Es ist in Ordnung. Wirklich", sagte James und grinste. „Vielleicht kenne ich den Typen ja, den sie erwähnt hat. Der, der sich in einen Drachen verwandelt …"

„Lassen wir die Geschichte für einen weiteren Tag", sagte Julia. „Ich brauche etwas zu trinken."

„Oh! Ich habe den Wein, den ich mitgebracht habe, im Auto gelassen. Ich hole ihn schnell."

Als er zum Auto hinunter- und wieder zurückgegangen war, hatten sich seine Nerven etwas beruhigt. Auch Julia wirkte ein wenig ruhiger, als er in die Wohnung kam. Sie lächelte ihn an. Zwei Weingläser standen auf dem Tisch.

„Du hast Rotwein mitgebracht. Ich liebe Rotwein." Sie seufzte. „Es tut mir leid wegen meiner Mutter. Wenn es dir ein Trost ist, sie kann ein Geheimnis wirklich für sich behalten."

„Ich mache mir darüber keine Sorgen", sagte er leise und lächelte sie an. „Ich bin nur wirklich froh, dass jetzt alles ausgesprochen ist."

„Ich auch", gab Julia zu. „Ich habe das Gefühl, dass ich in den letzten Wochen nur halb mit dir sprechen konnte. Aber Riley ist ein großer Teil meines Lebens und ich fühlte mich schlecht dabei, ihn vor dir geheim zu halten."

„Ich auch. Ein Drache zu sein ist ein großer Teil von mir." Er zögerte. „Ich muss dich warnen. Es gibt einen kleinen Altersunterschied zwischen uns. Wir altern nicht so wie Menschen."

„Ist das so?", fragte sie und grinste ihn mit einer hochgezogenen Augenbraue an. „Ich stand schon immer auf ältere Männer."

„Gut zu wissen“, sagte er grinsend und sah nachdenklich auf sie hinunter. Sie hatten sich so viel zu erzählen, aber jetzt, da sie alleine in der Wohnung waren und es keine Geheimnisse mehr zwischen ihnen gab und eine Flasche Wein am Tisch stand, war ihm nicht wirklich nach reden. Doch er konnte sehen, dass sie etwas beschäftigte.

„Das war Zach“, sagte sie vorsichtig und sah zu ihm auf. Er nickte. „Zach ist wie du?“

„Ein Panther“, erklärte er ihr. „Ich weiß nicht viel über sie. Ich habe vorher noch nie einen getroffen.“

„Okay. Beeindruckend. Es ist kein Wunder, dass ich immer den Eindruck hatte, dass er sich wie ein Raubtier verhält.“

Er lachte. „Er war sehr besitzergreifend, was dich betrifft. Ich kann mir vorstellen, dass er dachte, sich in einen Panther zu verwandeln, wäre ein guter Weg, um deine Verehrer abzuschrecken.“

„Nun, das war ein Irrtum“, sagte sie selbstgefällig. „Mein Freund ist größer und stärker.“

Dieses Wort jagte ihm einen wohligen Schauer über seinen Rücken. Er hob eine Augenbraue. „Dein Freund?“

Sie sah ihn herausfordernd an. „Das hoffe ich.“

Er lachte, zog sie in seine Arme und war unglaublich dankbar für sie und alles, was passiert war. Das lange Leben, das ihn hierhergeführt hatte, an diesen Ort und zu der einzigen Frau, die er jemals wieder in seinen Armen halten wollte. „Ich gehöre ganz dir“, murmelte er in ihr Ohr. Er konnte spüren, wie ihr Körper reagierte und sich in seine Arme drückte. Plötzlich war der Wein das Letzte, wonach ihm der Sinn stand. Er stellte sein Glas auf den Tisch und richtete seine Aufmerksamkeit auf die Frau, die er hielt. Er glitt über ihren Rücken hinauf bis zu ihrem Nacken und spürte ihr weiches Haar, als er sie nahm und für einen Kuss an sich zog.

Das Nachmittagssonnenlicht warf lange Schatten auf sie, als sie zusammen ins Schlafzimmer gingen, während sie sich immer noch küssten und die Hände nicht voneinander lassen konnten. Es gab keine Eile und keinen Stress, dachte er erfreut. Sie hatten überhaupt keinen Druck und den ganzen Nachmittag Zeit, um danach auch noch die ganze Nacht miteinander zu verbringen. Und danach den Rest ihres Lebens. Aber darüber würde er jetzt nicht nachdenken. Alles, woran er interessiert war, war das Hier und Jetzt und die vielen Momente, die folgen würde. Jeder einzelne dieser Momente barg die Möglichkeit, sie zu halten, zu berühren und neue Teile ihres Körpers zu entdecken, die er verwöhnen könnte. Warum hatte er jemals gedacht, dass Sex mit ein und derselben Person jemals langweilig werden könnte. Es war das Aufregendste, was er jemals getan hatte.

Er konnte spüren, wie sich ihr Atem beschleunigte, als er sie streichelte und seine Hände an ihrer Seite auf und ab bewegte. Ihre Hüften waren besonders empfindlich, ebenso wie ein bestimmter Punkt an ihrem unteren Rücken. Das rote Kleid, das sie trug, war wunderschön, aber er interessierte sich mehr für das, was sich darunter befand. Er küsste sie sanft und fing an, am Reißverschluss zu ziehen. Es dauerte nicht lange und sie stieg aus dem Kleid heraus und ließ es auf dem Boden liegen. Als er die roten Dessous sah, die sie darunter trug, holte er tief Luft.

„Ich habe das seit Jahren nicht mehr getragen", murmelte sie und sah mit einer Mischung aus Schüchternheit und Verlangen zu ihm auf. „Gefällt es dir?"

„Ich finde es unglaublich schön", sagte er leise, vergrub sein Gesicht in ihrem Nacken und küsste sich einen Weg von ihrem Hals über ihre Brüste zu ihrem Bauch. Dann fiel er vor ihr auf die Knie und neckte ihr Geschlecht mit der Hitze seines Atems, der durch den dünnen Stoff des Spitzenhöschens drang. Sie keuchte ein wenig und streckte die Hand aus, um seinen Kopf näher an ihren Körper zu ziehen. Entschlossener, als sie es letzte Nacht gewesen war, dachte er amüsiert und schlang die Hände um ihren unteren Rücken, um sie an sich zu ziehen. Er liebkoste ihre Schenkel mit zarten Küssen, bis sie nach Luft schnappte. Dann setzte sie sich auf die Bettkante und öffnete die Beine, um ihm einen besseren Zugang zu ihrem Geschlecht zu ermöglichen. Er streckte die Hand aus, um ihren Körper zu streicheln, berührte ihre empfindlichen Brustwarzen durch den weichen Stoff des BHs und ihr Geschlecht durch das Höschen mit seinem Mund und seiner Zunge.

„James", hauchte sie und streckte die Hand aus, um ihr Höschen auszuziehen. Er grinste und öffnete gleichzeitig ihren BH. Sie lag völlig nackt auf dem Bett und ihr wunderschöner Körper war vor ihm ausgebreitet. Er lächelte und vergrub sein Gesicht zwischen ihren Beinen, um sie zu verschlingen. Sie stöhnte und griff nach unten, um seine Haare zu ergreifen. Er knurrte und griff mit einer Hand nach ihrem Mund, um sich daran zu erinnern, was sie über die dünne Wand gesagt hatte.

„Die Nachbarn werden dich hören“, murmelte er, sein Mund immer noch auf ihrem Geschlecht. Er hörte ihr Stöhnen, als die Vibrationen ihren Körper in Ekstase versetzten.

„Lass sie doch“, sagte sie rücksichtslos. „Ich möchte sowieso umziehen, diese Wohnung ist schrecklich.“

„Wenn du dir sicher bist“, murmelte er, tauchte wieder ein und suchte nach den sensiblen Stellen, die er das letzte Mal gefunden hatte, als er sie mit seinem Mund verwöhnt hatte. Er spielte mit der sensiblen Knospe ihrer Klitoris, bis sie unter ihm zitterte und sich ihrem Höhepunkt näherte. Alles, was er tun musste, war, sein Tempo zu variieren, um sie am Rand der Ekstase zu halten, ohne sie kommen zu lassen.

Aber sie würde sich nicht einfach zurücklehnen und sich von ihm reizen lassen. Sie setzte sich auf und stieß ein Knurren aus, das unglaublich heiß war. Dann zog sie ihn hoch, um ihm einen leidenschaftlichen Kuss auf seinen Mund zu drücken. Er war so abgelenkt davon, dass er kaum bemerkte, wie sie sein Hemd über seine Schultern zog und nach unten griff, um seine Hose zu öffnen und seine Männlichkeit aus seinen Boxershorts zu holen. Dann packte sie seine Schultern, tauschte ihre Positionen und drückte ihn nach hinten, bis er flach auf seinem Rücken lag und sie mit einem frechen Grinsen auf ihren Lippen auf ihm saß.

Er fühlte sich fast trunken vor Ekstase, als er zu dieser Göttin aufschaute. Der Geschmack ihres Geschlechts verweilte immer noch auf seinen Lippen und in seinem Mund. Sie bückte sich, um ihn zu küssen, tief und leidenschaftlich. Sie schmeckte sich an seinen Lippen, aber ihre Hände waren immer noch flach auf seiner Brust und hielten ihn fest, was eine wortlose Anweisung dafür war, dass sie jetzt das Sagen hatte. Von allen anderen hätte er das als Herausforderung aufgefasst, aber bei Julia, seiner Seelengefährtin und Liebe seines Lebens, war er Wachs in ihren Händen. Immer noch benommen von den Erkenntnissen der letzten Stunden, konnte er nicht viel darüber nachdenken, da sein Blut von seinem Kopf in andere Bereiche seines Körpers geflossen war, die jetzt wichtiger waren.

Sie war fest entschlossen, das Beste aus seiner Gefangenschaft zu machen. Das freche Lächeln immer noch auf ihrem Gesicht, begann sie, sich quälend langsam einen Weg von seinem Hals über seine Brust nach unten zu küssen. Er musste gegen das Bedürfnis ankämpfen, sie zu ergreifen und tiefer zu drängen, dort wo er ihre Berührung so dringend brauchte. Er spürte, wie sie seine Handgelenke mit ihren Händen festhielt, um sie ans Bett zu drücken. Schließlich erreichte sie seine Männlichkeit. Er konnte ihren Atem an der Spitze seines Schwanzes spüren und ein Stöhnen nicht unterdrücken. Sie kicherte. Es war ein leises, sanftes und unglaublich heißes Geräusch, das einen Schauer durch seinen ganzen Körper sandte. Er musste sich zurückhalten, um nicht jeden Nachbarn im Gebäude darauf aufmerksam zu machen, als sie seinen Schwanz in ihren Mund nahm.

„Gott", stieß er hervor, versuchte seine Hüften ruhig zu halten und kämpfte gegen den Drang an, sich in ihren Mund zu drücken. Sie kicherte erneut und die Vibrationen jagten ihm von Neuem einen Schauer über den Rücken. Sein ganzes Bewusstsein konzentrierte sich auf das Gefühl ihrer Lippen, ihres Mundes und der sanften Art, wie sie seine Hüften streichelte, während sie seinen Schwanz langsam und zärtlich verwöhnte. Es machte ihn absolut wahnsinnig vor Verlangen nach ihr, aber sie riskierte es nicht, ihn zu nahe an den Höhepunkt zu bringen. Für jemanden, der behauptet hatte, nicht allzu viel Erfahrung mit solchen Dingen zu haben, machte sie einen ziemlich beeindruckenden Job.

Aber es ging nicht um Erfahrung, dachte er benommen, als er sich in den Emotionen verlor, die sie in ihm auslöste. Es ging darum, zusammenzupassen. Sie war absolut perfekt für ihn, deshalb fühlte sich alles, was sie machte, so elektrisierend an. Deshalb hatte er sie seit mehr als drei Jahren nicht mehr aus dem Kopf bekommen. Genau das war der Grund, warum es sich so angefühlt hatte, als wäre er vom Blitz getroffen worden, als er sie in diesem überfüllten Klub sah. Sie war seine Seelengefährtin, sein Schicksal. Und ihre sexuelle Kompatibilität war nur ein Indikator dafür, dass er endlich die Frau gefunden hatte, mit der er für den Rest seines Lebens zusammen sein sollte.

Es war zu überwältigend, darüber nachzudenken, also ließ er es bleiben. Für all das würde später Zeit sein, wenn er sie wissen lassen würde, wie sehr er sie liebte, bewunderte, verehrte und den Rest seines Lebens damit verbringen wollte, sie glücklich zu machen. Im Moment hatte er ein viel einfacheres Ziel vor Augen. Er setzte sich auf und zog sie in einen tiefen, leidenschaftlichen Kuss nach oben, der sie gerade lange genug ablenkte, dass er sich auf sie stürzen konnte.

Grinsend griff er nach ihren Hüften und rollte sie zur Seite. Sie stieß einen kleinen überraschten Schrei aus und lag plötzlich unter ihm, mit seinen Armen um sie, um sicherzustellen, dass keiner von ihnen vom Bett fiel. Atemlos und lachend verloren sie sich wieder in leidenschaftlichen Küssen. Sie zogen das Laken über sich, bis es nur noch sie beide in ihrer eigenen kleinen Welt gab. Dort, von den Armen des anderen umschlossen, spreizte James ihre Beine und drang in sie ein. Er stöhnte angesichts der Intensität des Gefühls, das es in ihm erzeugte. Sie hatte ihn mit ihrem Mund so nahe an den Höhepunkt gebracht, dass das Gefühl ihres Körpers um ihn herum fast zu viel war, um es zu ertragen. Aber er wusste, wie er sich zurückhalten und dieses Vergnügen um eine lange, lange Zeit verlängern konnte. Sie bewegten sich langsam. Schließlich war dies kein Rennen, um das Ziel schnellstmöglich zu erreichen. Die Empfindungen ihrer Körper waren ineinander verschlungen, Julias Körper drückte sich gegen seinen und ihr Atem vermischte sich mit der Wärme des Lakens, das sie umhüllte.

Er konnte fühlen, wie sie sich ihrem Höhepunkt näherte. Er spürte, wie sich ihre Atmung beschleunigte und ihre Hüften immer fordernder gegen ihn drückten. Irgendwie brachte ihn die Erkenntnis, dass sie sehr nahe war, näher an seinen eigenen Orgasmus. Er hielt sich zurück und stieß mit langen, tiefen Stößen in sie hinein. Er war fest entschlossen, ihr Vergnügen so lange wie möglich zu verlängern. Je näher sie kam, desto langsamer wurde er, bis sie zitterte und in seinen Armen stöhnte. Ihr Körper krümmte sich. Der Schweiß machte sie rutschig, während sie sich zusammen bewegten. Schließlich spürte er, wie sich ihr ganzer Körper fest um ihn schlang, als sie ihren Höhepunkt erreichte, und im selben Herzschlag stürzte auch er über den Rand und sein Körper zitterte, als ein Orgasmus durch ihn schoss.

Sie lagen danach lange eng umschlungen und atemlos auf dem Bett. Es war, als ob die Zeit stehen geblieben oder irgendwie unterbrochen worden wäre. Alles, was existierte, war die Berührung ihrer Haut, das Geräusch ihres Atems und ihre halbgeschlossenen braunen Augen, die im Dunkeln unter dem Laken leuchteten. Sie würden später Zeit haben, um über alles zu sprechen, was sie im Leben des anderen in den letzten

Jahren versäumt hatten, aber im Moment brauchte er nur sie in seinen Armen.

Kapitel 14 - Julia

„Komm schon, du Faulpelz. Sie werden in einer Stunde hier sein."

„Entschuldigung?" James hob seinen Kopf aus dem Sand und blickte ärgerlich zu Julia auf, die in einem Bikini und einem riesigen Sonnenhut vor ihm stand. „Ich bin nicht faul. Ich bin das Fundament."

„Für die Burg", erklärte Riley feierlich. Der Kleine war am ganzen Körper mit Sonnencreme bedeckt, hockte neben James und kratzte vorsichtig an einem Turm aus nassem Sand. Die Architektur kannte nur er. Der Turm war auf James Bauch errichtet worden, denn anscheinend kam keine andere Oberfläche infrage, obwohl sie einen ganzen Strand für sich hatten. Ein abgelegener Strand, direkt am Ende einer Halbinsel in Nordkalifornien. Seine neuesten Bewohner: ein gewisser, wissenschaftlich gesinnter Dreijähriger und seine belustigte Mutter, die gerade mit der Spitze ihres Zehs auf James herumstupste.

„Wir können die Burg das nächste Mal neu aufbauen. Komm schon. Wir werden vollkommen mit Sand bedeckt sein, wenn die anderen ankommen."

James lachte und stand auf. Riley sah zu, wie sich die Burg auflöste. Dann zuckte er mit den Schultern und drehte sich um. Er ging auf das Haus zu wie ein stoischer General, der gerade zugesehen hatte, wie seine Armee besiegt wurde. James sah ihn mit einem verwunderten Gesichtsausdruck nach. Julia neigte den Kopf zur Seite.

„Was?"

„Ich schwöre, heute ist er einen Zentimeter gewachsen. Wir füttern ihn zu viel."

„Er wird so groß werden wie sein Dad", murmelte Julia und hakte sich bei James ein, als sie hinter Riley auf das Haus zugingen. Er grinste. Er hatte sich offensichtlich immer noch nicht ganz an dieses Wort gewöhnt. Riley hatte vor ein paar Wochen plötzlich angefangen, ihn Dad zu nennen, völlig ohne Aufforderung. Es schien, dass einige Dinge einfach instinktiv waren.

Es waren ein paar anstrengende Monate vergangen. Nach der Konfrontation am Strand hatte Zach sie bei der Arbeit völlig alleine gelassen. Er hatte sich sogar, zu Rowenas großem Schock, in letzter Minute geweigert, zur Konferenz mitzukommen. Also war Julia alleine gegangen und es hatte unglaublich gut geklappt. Ohne ihren dreisten Kollegen an ihrer Seite hatte sie vielen Spendern wirklich erklären können, was das Unternehmen zu tun versuchte. Insbesondere Frauen, die mehr in von Frauen geführte Organisationen wie die, für die Julia gearbeitet hatte, investieren wollten. Die Ergebnisse übertrafen bei Weitem ihre Erwartungen. Als Julia am Montag wieder zur Arbeit zurückgekehrt war, bekam sie unerwarteten Applaus vom gesamten Team, der sie von Kopf bis Fuß rot werden ließen.

Noch besser war, dass Zach gekündigt hatte. Er führte persönliche Gründe an und dass er sich anderswo niederlassen würde, um sich selbst zu finden. Sie wusste, was das in Wahrheit bedeutete. Er bekam Angst und rannte davon.

Rowena hatte sie umarmt, als sie in ihr Büro ging. Diese Geste der Zuneigung war so überraschend, dass sie den Umschlag, den sie in der Hand hielt, fast fallen ließ. Rowena sah sie aufmerksam an.

„Du verlässt uns, nicht wahr?"

„Es tut mir leid, Rowena", sagte sie leise und fühlte einen Stich in ihrem Herzen. „Es war wirklich schön, hier zu arbeiten, aber es hat sich eine neue Chance für mich ergeben, die ich nicht ablehnen kann."

„Kann ich fragen, wer dich abgeworben hat?", fragte Rowena mit einem Lächeln auf ihrem Gesicht. „Nach dem, was du an diesem Wochenende für uns getan hast, bin ich nicht wirklich überrascht, dass dir jemand ein besseres Angebot unterbreitet hat. Mit der Finanzierung, die du uns gesichert hast, werden wir die Arbeit, die wir leisten, verdreifachen können. Ich kann dir wirklich nicht genug danken."

„Ich werde Beraterin für einen kleinen Touristenort", sagte sie lächelnd. Sie hatte über das Wochenende ein paar lange Gespräche mit

James geführt. Anscheinend hatte er mit seiner kleinen Gemeinschaft darüber gesprochen, ob sie einen Job für jemanden mit einem Abschluss in Umweltwissenschaften hatten. „Ich helfe ihnen dabei, die Touristenunterkünfte nachhaltig und umweltfreundlich zu gestalten."

„Du wirst dir also die Hände schmutzig machen", sagte Rowena leise und lächelte. „Ich freue mich für dich, Liebes, so sehr ich dich hier auch vermissen werde."

Es war ein arbeitsreicher Tag gewesen. Nachdem sie ihre Kündigung bei der Arbeit eingereicht hatte, hatte sie ihren Vermieter angerufen, um ihm mitzuteilen, dass er einen neuen Mieter finden müsse, wenn er überhaupt jemanden dazu überreden könnte, eine Wohnung zu nehmen, die in einem so schäbigen Zustand war. Zwei Wochen später hatten sie und Riley ihre Koffer gepackt und waren mit James' Truck auf die Halbinsel gefahren.

Die Halbinsel war atemberaubend. Sie hatte mit offenem Mund durch das Fenster auf den Wald gestarrt, der an ihnen vorbeizog. Unberührt und makellos. Er erklärte, dass die Gegend seit Jahrzehnten im Besitz des Drachenclans war und sie jede Art von Erschließung verhindert hatten, die sie nicht kontrollieren konnten. Infolgedessen lebten auf der Halbinsel viele seltene Pflanzen und Tiere: die Flora und Fauna, die sie nun schützen musste. Es war ihr Traumjob und ihr Mund öffnete sich noch weiter, als sie James' Haus sah.

„Es ist ein bisschen klein", sagte er und zuckte verlegen mit den Schultern. „Ich habe nicht wirklich an eine Familie gedacht, als ich es gebaut hatte, aber ..."

„Bist du dir sicher?", fragte sie und sah sich um. „Weil dieses Zimmer die perfekte Größe für deinen Sohn hat ..."

Riley war begeistert von dem kleinen Raum. James erklärte, dass es ein Büro gewesen war, aber es war schnell erledigt, den Schreibtisch und die Bücherregale hinauszuschieben und stattdessen ein Bett für den kleinen Jungen hineinzustellen. Die Küche war wunderschön, genauso wie das Badezimmer. Sie seufzte vor Freude, als sie zum ersten Mal eine heiße Dusche nahm.

„Sonnenkollektoren", erklärte James, und seine Augen wanderten ein wenig mehr als unbedingt nötig über ihren Körper, als das Wasser über ihre nackte Haut floss. „Und das Wasser kommt aus einem Regenwassertank. Alles gut für das Klima."

Es war wie ein Traum, aus dem Julia immer wieder Angst hatte, aufzuwachen. Aber das passierte nicht. Die Tage vergingen wie im Flug. Sie lernte James Familie einschließlich der Männer kennen, mit denen er eng befreundet war, sowie seine Schwester Alice, die sie in die herzlichste Umarmung zog, die sie je in ihren Leben bekommen hatte. Sie hatte sich noch nie so willkommen gefühlt und sogar Riley, ihr normalerweise zurückhaltender kleiner Sohn, schien eine neue extrovertierte Seite zu entwickeln und betrachtete seine neuen Freunde mit großem Interesse. Er kicherte und lachte, als sie ihn alle umschwärmten.

„Diese Augen“, sagte Lachlan eines Nachmittags leise. Er hatte seine kleine Tochter zu Riley gebracht. Sie war total begeistert, ein Kind in ihrem Alter zum Spielen zu haben, und die beiden waren schon so gut wie zum Strand unterwegs. „Er gehört hierher, so viel ist sicher.“

„Denkst du, dass er ein Drache ist?“, fragte Julia und nahm an, dass er vielleicht etwas mehr Einblick haben könnte. Aber Lachlan zuckte nur mit den Schultern.

„Er hat unsere Augen. Das muss aber nicht unbedingt etwas heißen. Delilah hat keine blauen Augen und Emily hat silberne Augen, aber wer weiß?“ Lachlans zweite Tochter war erst vor wenigen Wochen zur Welt gekommen. „Wir haben noch nicht wirklich viele Erfahrungen mit unseren Kindern gesammelt. Aber ob Drache oder nicht, er ist am richtigen Ort. Und ich denke, du auch.“

James grinste, zog Julia an seine Seite und drückte ihr einen Kuss auf den Kopf. „Würde ich auch sagen.“

Zurück im Haus machten sie sich daran, alles vorzubereiten. Obwohl sie schon einen Monat dort waren, hatten sie keine Zeit gehabt, um ihren Einstand richtig zu feiern. Aber heute Abend hatten sie eine richtige Einweihungsfeier und noch etwas Besonderes, hatte James angedeutet. Gestaltwandler kannten keine Hochzeitszeremonien im herkömmlichen Sinn wie Menschen, aber sie hatten eine Art Zeremonie, die feierte, dass man seinen Seelengefährten gefunden hatte. Sie hatte sogar ein weißes Kleid für diesen Anlass gekauft. Es war kein richtiges Brautkleid, aber auf jeden Fall lang und fließend, um es anzudeuten.

Es dauerte nicht lange, bis das Haus voller Gäste war. Die engsten Freunde von James, die er als „die Jungs“ bezeichnete, Lachlan mit seiner Partnerin Serena, dann der großen, stoischen Bryce und seine kurvige, lebhafte Partnerin Jasmine. Sie war das einzig andere menschliche Wesen außer Julia auf der Halbinsel, weshalb die beiden schnell eine Freundschaft schlossen. Dann noch der etwas exzentrische Emerson, der eher introvertierte, aber sehr lustige Harvey und natürlich Daniel, der James am nächsten zu stehen schien. Riley und Delilah waren in ein Spiel auf dem Boden des Wohnzimmers vertieft und Serena hielt Emily, das jüngste Mitglied der Gemeinschaft, auf ihrem Arm. Sie war ein winziges, dunkelhaariges Mädchen mit den faszinierendsten silbernen Augen, die Julia jemals gesehen hatte.

„Der Ort füllt sich mit Babys“, sagte Alice fröhlich und stupste Julia an. „Es ist wunderbar. Wir sind seit so vielen Jahrzehnten nur Erwachsene. Es ist schön, junges Leben hier zu haben.“ Alice war die Ärztin in der kleinen Siedlung. Sie war sehr interessiert an den medizinischen Unterschieden zwischen Drachen und Menschen, die Julia ihr erklärt hatte, und sie beabsichtigte, noch mehr in diese Richtung zu forschen.

Aber es waren nicht nur James' Freunde, die an der Einweihungsfeier teilnahmen. Jane stand inmitten der Gruppe und war das absolute Leben der Party. Julia hatte mit allen Drachen in der Siedlung über ihre Mutter gesprochen und sich vergewissert, dass es in Ordnung war, sie hierher einzuladen. Immerhin waren sie ein bisschen misstrauisch gegenüber Menschen, aber als James die Situation erklärte, dass Jane über Gestaltwandler Bescheid wusste und zur Geheimhaltung verpflichtet war, freuten sie sich, sie kennenzulernen. Sie hatte genug Wein für eine dreimal so große Party mitgebracht und sich bereits mit allen Anwesenden angefreundet. Typisch, dachte Julia mit einem Lächeln im Gesicht, als sie sah, wie sich ihre kontaktfreudige Mutter unterhielt.

„Wie es aussieht, wird sie noch hierher übersiedeln“, murmelte sie zu James, der sich mit einem Glas Wein neben sie gestellt hatte. „Du hast ein Monster erschaffen.“

„Wäre nicht so schlimm, oder?“, sagte er und grinste auf sie herab. „Sollen wir mit der Zeremonie beginnen, damit wir den Rest der Nacht tanzen können?“

Sie gingen alle in den Vorgarten, um mit den Feierlichkeiten zu beginnen. Julia schnappte nach Luft, als sie sah, was dort aufgestellt worden war. Ein paar Sitzreihen standen vor einem kunstvollen Torbogen aus Holz, der vor dem Haus errichtet worden war. Alice stand dahinter, eine alte Geige in den Händen und ein breites Lächeln im

Gesicht, während sie eine einfache, wunderschöne Melodie spielte. Lachlan wartete am Torbogen, offenbar bereit, den offiziellen Teil zu übernehmen. Es war eine kühle, klare Nacht, und der Mond schien hell, als die Gäste ihre Plätze einnahmen. Delilah und Riley hatten jeweils einen Korb mit Rosenblättern. Delilah warf ihre wütend in die Luft, während Riley jedes einzelne inspizierte, als wären Geheimnisse auf die Blütenblätter geschrieben.

„Jasmine hat uns ein paar Dinge über menschliche Hochzeiten beigebracht", sagte James mit einem leicht besorgten Gesichtsausdruck. „Magst du es?"

Sie holte tief Luft und fühlte heiße Tränen in ihren Augen. Sie war so überwältigt, dass sie ihr Gesicht fächeln musste. „James, ich liebe es. Es ist perfekt. Du bist unglaublich."

Jane führte sie den Gang entlang, während Tränen über ihr Gesicht liefen. Julia konnte sich ein Glucksen über das weiche Herz ihrer Mutter nicht verkneifen. Lachlan sagte ein paar einfache und herzliche Worte und hieß sie in der Gemeinschaft willkommen. Dann wünschte er ihr und James alles Gute für ihr gemeinsames Leben. Sie sah zu James auf und war von ganzem Herzen so glücklich, dass sie kaum atmen konnte.

„Ich habe kein Gelübde geschrieben", flüsterte sie und hielt sich zurück, um nicht zu lachen. James grinste sie an.

„Das ist okay. Meines ist ziemlich einfach. Julia, ich liebe dich. Mehr als alles andere auf der Welt. Ich kann nicht glauben, dass ich dieses Glück hatte, und ich kann es kaum erwarten, den Rest meines Lebens damit zu verbringen, dich zu lieben."

„Dito", sagte sie, hob hilflos ihre Hände und hörte ein leises, anerkennendes Lachen von den Gästen. „James, ich bin so dankbar, dass wir uns wiedergefunden haben und unsere kleine Familie zusammengekommen ist. Ich war noch nie so glücklich. Ich liebe dich."

Lachlan richtete sich auf. „Wir heißen diese Seelengefährten willkommen und segnen ihren Bund." Er warf Jasmine in der ersten Reihe einen Blick zu, die ihm einen Daumen hoch gab. Mit der Miene von jemandem, der diese Zeile einstudiert hatte, sagte er: „Du darfst die Braut jetzt küssen!"

James nahm sie in seine Arme und küsste sie. Sie hörte den Beifall ihrer neuen Gemeinschaft und sah zu ihm auf. Ihr Geliebter, der Vater ihres Sohnes, ihr Ehemann, ihr Seelengefährte. Es war egal, wie sie ihn nannte. Er gehörte ihr und sie gehörte ihm, für immer.

Sie konnte es kaum erwarten, den Rest ihres Lebens zusammen mit ihm an diesem wunderwunderschönen Ort zu verbringen.

ENDE

Über Kayla Wolf

Kayla Wolf ist eine zweifache Mutter, eine obsessive Leserin und steht total auf paranormale Romantik. Sexy Gestaltwandler, starke Frauen, heiße Begegnungen und gefährliche Feinde sind die Dinge, die sie nachts wach liegen lassen. Wann immer sie über diese Dinge nachdenkt, muss sie einfach aufstehen und sofort darüber schreiben ... Komm herein und verwöhn die Bestie in Dir.

Bücher von The Wolf Sisters

Bücher von Kayla Wolf:

„Drachen von Dragon Valley" Buchreihe

Dragon Valley hält ein Geheimnis, das niemand kennt: Unwiderstehlich sexy und muskulöse Drachen haben das Tal zu ihrem Zuhause gemacht. Ihre Existenz ist jedoch gefährdet. Sie müssen eine Gefährtin finden, sonst könnte ihre Zeit abgelaufen sein. Werden die Drachen ihre Gefährtinnen finden?

„Drachen von Dragon Valley" ist eine Buchreihe von eigenständigen paranormalen Actiongeschichten mit garantiertem Happy End, also keine Cliffhanger. Die Bücher sind miteinander verbunden durch die Drachen, die im Tal leben.

Prequel: An den Drachen verheiratet

An den Drachen vermittelt

Vom Drachen beschützt

An den Drachen versteigert

Vom Drachen entführt

Die Wachen des Drachen

Vom Drachen beansprucht

Vom Drachen gejagt

Vom Drachen erobert

Mit dem Drachen verkuppelt

Mit dem Drachen gepaart

Vom Drachen unterrichtet

* * *

„Wasserdrachen der Westküste" Buchreihe

„Wasserdrachen der Westküste" ist eine Buchreihe mit paranormalen Liebesgeschichten über ziemlich heiße Drachengestaltwandler, die auf einer Halbinsel leben, auf der es so gut wie alles gibt, außer Frauen. Ein Glück für jede Frau, die sich hierher verirrt.

Die „Wasserdrachen der Westküste" Buchreihe ist ein Spin-Off der „Drachen von Dragon Valley" Buchreihe und besteht aus eigenständigen, abgeschlossenen Geschichten mit Happy End, die durch die auf der Halbinsel lebenden Drachen miteinander verbunden sind.

Die Nanny des Drachen

Die Katalogbraut des Drachen

Das geheime Baby des Drachen

Die falsche Verlobte des Drachen

Die Obsession des Drachen

Die Gefährtin des Drachen

* * *

„Stadt der Drachen" Buchreihe

Die Stadt der Drachen ist der Ort all deiner Träume. Superheiße Drachen warten an jeder Ecke auf dich, um mit dir den Beton-Dschungel zu erkunden. Bist du bereit, diese Stadt der Fantasie zu betreten, in der dich Gefährten, Magie und mehr erwarten?

„Stadt der Drachen" ist eine Buchreihe von eigenständigen paranormalen Actiongeschichten mit garantiertem Happy End, also keine Cliffhanger.

Die Bücher sind miteinander verbunden durch die Drachen, die in der Stadt leben.

Drachenkönig

Drachenmacho

Drachenprinz

Drachengefährte

Drachenmilliardär

Drachenmitbewohner

Drachenboss

* * *

„Drachendaddies der Everglades“ Buchreihe

Kennst du das Gefühl, in einen Sumpf gezogen zu werden? Die völlige Ohnmacht, in das hineingezogen zu werden, was auch immer das Schicksal für dich bereithält? Jetzt stell dir vor, der Sumpf wäre voller heißer Männer ... Und nicht nur irgendwelcher Männer. Drachen in jeder Größe, Form und Gestalt, die dich aufnehmen und dich zu ihrem Eigentum machen ... Ist das nicht ein Sumpf, in den du gerne hineingezogen werden würdet?

Willkommen in der schweren, feuchten Hitze der Everglades...

Drachendaddy

Drachendoktor

Drachenprofessor

* * *

BÜCHER VON MIA WOLF:

„Wüstenwandler im Doppelpack“ Buchreihe

Was wäre, wenn ich dir sagen würde, dass tief in der Wüste ein Ort liegt, von dem alle Frauen träumen? Ein Ort, an dem jede Frau von zwei Männern geliebt wird und wo Kurven als Geschenk der Götter gelten? Würdest du zu Hause bleiben? Oder würdest du mit mir kommen, um dir die Wüstenwandler im Doppelpack anzusehen?

„Wüstenwandler im Doppelpack" ist eine paranormale Ménage-Liebesroman-Reihe. Die Geschichten sind eigenständig mit garantiertem Happy End, also keine Cliffhanger

Meine zwei Alphas

Meine zwei Wölfe

Meine zwei Drachen

Meine zwei Bären

Meine zwei Löwen

Meine zwei Gefährten

Meine zwei Tiger

Meine zwei Biester

* * *

„Wölfe von Wolf Mountain" Buchreihe

Komm mit mir nach Wolf Mountain, einem Dorf mit heißen, ledigen Wölfen, die stark, muskulös und… Single sind. Sie brauchen keine Gefährtin. Sie wollen keine Gefährtin. Bis sie die treffen, für die sie sterben werden, um sie zu schützen…

"Wölfe von Wolf Mountain " ist eine Buchreihe von eigenständigen paranormalen Actiongeschichten mit garantiertem Happy End, also keine Cliffhanger. Die Bücher sind miteinander verbunden durch die Wölfe, die in der Stadt leben.

Der Babyvertrag des Wolfes

Die Zwangsheirat des Wolfes

Die Gefangene des Wolfes

* * *

„In den Höhlen der Bären“ Buchreihe

Besuche die Höhlen der Bären, ein geheimnisvolles Dorf, in dem Bärenwandler weit entfernt von Menschen leben. Dieses Dorf, mit seinen Höhlen und Festen beherbergt nicht irgendwelche Bären. Nein, es beherbergt extrem sexy Bären, die nicht leicht zu befriedigen sind, aber die ihre Gefährtinnen ohne Frage mit ihrem Leben schützen werden.

„In den Höhlen der Bären“ ist eine Buchreihe von eigenständigen paranormalen Actiongeschichten mit garantiertem Happy End, also keine Cliffhanger. Die Bücher sind miteinander verbunden durch die Bären, die im Dorf leben.

Vom Bären befohlen

Vom Bären begehrt

Vom Bären entführt

Vom Bären beschützt

Printed in Poland
by Amazon Fulfillment
Poland Sp. z o.o., Wrocław

77594411R00080